멀리 보고 높이 날고 싶었던 거야

산고가 있고 나서 비로소
태어나는 새 생명은
고통을 통한 열림이며
부활

물소리, 바람 소리보다 더 큰
새 날갯짓 소리
꽃잎 벙그는 소리

굳게 닫힌 돌무덤
혹은
꽁꽁 닫아 걸은 다락방
그 속에 숨어
넌 마음이 놓였니

얘들아, 열어라
다시 사랑으로
부활을 이야기하자꾸나

양업고등학교 이야기 II

멀리 보고 높이 날고 싶었던 거야

윤병훈 신부

학교 설립 교장 신부의 감동 교육 현장 기록

다밋
DAMEET

책을 펴내며

1997년 대안교육 제1세대 선수로 뛰어들었다. 시작이 반이라고 하는데, 설립부터 경영까지 경험이 없다 보니 시작하기조차 힘들었다.

설립의 첫 관문은 학교 터를 마련하는 일이었다. 지역 텃새는 학교가 설 자리를 용납하지 않았고, 우리에게는 암흑기와 다름없는 고통이 따랐다. 지역의 끈질긴 반대로 대안교육의 계획이 어디로 튈지 몰라 전전긍긍했다. 풍전등화의 위기였다. 학교터를 마련하려는 계획을 관철시키기 위해 지역 군단 반대 세력의 마음을 돌려놓아 서로를 등식으로 만드는데 꼬박 3년이라는 시간이 흘렀다.

지금 생각해 보면, 그 시절이 그립기도 하다. 3년여의 싸움이 우리를 하나로 품어주었기 때문이다.

"신부님, 그동안 수고 많으셨어요. 이제 마음 놓고 우리 지역에 멋진 학교를 세워 주세요."

그렇게 첫 삽을 떴고 전국을 순회하며 후원을 받아 교사동을 건립했다.

그러나 첫 입학식을 하며 학생들을 만났을 때 땅이 진동을 하는 듯 했다. 작당 모의를 하고 함부로 튀는 모습에 미래 비전이 깜깜해 보일 때도 있었다. 교구는 오래전부터 명문 사학을 청주 도심에 세우기로 꿈을 꾸고 있었다.

"왜 하필이면 대안학교야?" 선배 사제가 말했다.

"잘 해보라구," 비아냥거리는 소리도 많았다.

그런데 그 학교가 명문학교보다 더 좋은, 학부모도 학생도 즐거워하는 좋은학교가 되었다. 2013년, 대안교육은 성공한 '좋은 학교Quality School' 인증을 받고 세상에 높이 드러났다. 사람들은 세월이 약이라고 했다. 삶이 교육이 되었을 뿐만이 아니라, 교육의 진수를 담은 보약을 만들었다고도 했다. 한 사제가 교회의 일이라며 대안교육에 뛰어들었고, 세상은 그 시점에 꼭 필요한 학교가 태어났다며 박수를 쳤다. 그러는 사이 4반세기가 지나갔다.

아이들과 함께 지내며 때로는 화가 나고, 눈물겹고, 행복했던 기억들이 잊히기 전에 기록으로 남기기 시작했다. 처음

3년을 사는 동안에는 '뭐, 이런 자식들이 다 있어?' 라는 말이 마음에서 떠나지 않았다. 첫 번째 낸 책 이름도, 『뭐 이런 자식들이 다 있어』였다. 그 때는 학생들 자신도 '내가 어디로 튈지 몰라 나도 궁금해'하는 듯 했다. 그들의 낯설고 거친 행동을 보며 당황스러워하던 일이 지금도 선명하다.

두 번째 책은 『너 맛 좀 볼래!』였다. '선생님 맛 좀 보시겠습니까?', '신부님 맛 좀 보시겠습니까?', '수녀님, 맛 좀 보시겠습니까?' 그들은 울분을 토하듯 항변했다. 그래서 우리가 대신 뭇매를 맞아야 했다.

'저희도 살고 싶어요. 죽어가고 있는데 왜 세상은 저희에게 관심을 가져주지 않는 걸까요?'

100년 전통의 한국 교육이 그랬다. 제대로 된 교육이라 할 수 없었다. 우리는 들로 산으로 세계로, 함께 걷고 달리고 뜨고 내리며 그들이 높이 멀리 날 수 있도록 지켜보았다.

'놀이'는 아이들 스스로 철학을 생각하고, 공부하며, 살아갈 수 있게 해주었다. 자신들이 생각하는 자유가 방종이란 것을 알게 되었고, 비로소 비상을 꿈꾸게 되었다. 세 번째 책은, 『발소리가 큰 아이들』이었다.

어느새 아이들은 학교, 학원, 집으로 이어지는 삶 속에 머무르지 않고 세계를 향해 비상하는 청년들로 바뀌어가고 있었다. 그들은 자신의 특성은 살리지도 못한 채 정형화된 도식에 갇혀 성적 1점을 올리는데 급급해하며 살지 않았다. 그들은 기류의 흐름을 체험하고, 투시도를 꿰뚫어보는 학생들이 되어 가고 있었다. 그때쯤 나도 비로소 사제다운 사제, 선생님다운 선생님이 되어 가고 있었다.

사제로써 생명에 관한 이야기를 많이 하게 된다. 그런데 고통 없는 삶은, 생명과는 거리가 멀다. 그러한 삶은 참 생명의 언저리에서 요란하게 변죽만 울릴 뿐, 감동과 기적이 있을 수 없다. 그동안 우리가 감당해야 했던 고통의 십자가는 교육의 부활을 이끌어 내주었다. 이는 하느님이 주신 '기쁨'이라는 크나큰 상급이었다. 그 누구보다 나와 함께 지냈던 학생 제자들이 고마웠다. 그래서 네 번째 책 이름은 『그분의 별이 되어 나를 이끌어 준 아이들』이 되었다.

이제 교육의 부활을 노래하는 책을 출판하려고 한다. 제1권은 『내가 어디로 튈지 나도 궁금해』, 그리고 제2권은 『멀리 보고 높이 날고 싶었던 거야』이다.

아름다움은 고통을 넘어Beyond 부활을 경험할 때 절로 얻게 되는 상급이다. 이처럼 지금까지 내가 현장에서 실천해온 그 모든 것이 예수님으로부터 배운 교육학이었다. 고개 숙여 무릎 꿇고 감사의 기도를 드린다.

2023년 10월 연중 제28주간 토요일에

윤병훈 신부

차례

2부 그럼, 실컷 놀게나

3부 공부 좀 해보려고요

4부 설익은 경험, 그 한계를 넘어

5부 나자로야, 이리 나오너라

1부

도전하는 모습이 아름답다

자연이 키운다

양업이 자리한 이곳 환희리는 비포장도로인 시골길을 따라 한참 들어온 곳에 있다. 산골에 있는 학교이지만 유명세가 붙어서인지 내방자들이 끊임없이 방문하는데, 자가용이 아니면 택시를 이용해야 한다. 덕분에 대중교통 수단인 택시만이 좋아라 성수기를 누리고 있는 셈이다.

개교 1주년 행사 때 군에서 도로포장을 약속했다. 또 축구선수 출신인 군수는 양업 학생들과 군 직원과의 친선 축구대회를 즉석에서 제안해 학생들의 환호를 받기도 했다.

우리 아이들은 교가를 부를 때면 '반석의 양업학교'를 '산 속의 양업학교'라고 바꾸어 목이 터져라 부른다. 은하수가 흐르는 밤하늘, 초록 들녘, 나무들을 춤추게 하는 바람, 이 모든 시골 풍경이 나이 든 우리에게는 좋은데 아이들에게는 산 속에 있다는 느낌 그 자체만으로도 답답할지 모른다.

그런데도 아이들은 의외로 적응을 잘하고 있다. 시간이 지나면서 '자연 친화'라는 의미를 조금씩 깨닫게 된다. 네온사인이 불야성을 이루는 현란한 도시와는 다르게 정감이 넘치는 이곳풍경이 아이들의 마음을 아름답게 순화시키는 것 같다.

덩그렇게 자란 하우스 속의 수박덩이가 신기해 건드려 본 것이 수박 서리가 되어 몸살을 앓은 적도 있지만, 농부들이 농사짓는 과정을 지켜보면서 먹거리의 고마움과 신비로움을 배우기도 한다. 철 따라 변해 가는 자연의 모습처럼 아이들의 머리 색깔도 달라지고 마음가짐도 변하고 있다.

병아리 몇 마리와 강아지를 학교에서 길렀다. 딱딱한 아스팔트와 거대한 콘크리트 덩어리만 접하고 살다가 움직이는 생명을 보니 신기한지, 아이들은 이 녀석들을 늘 가슴에 끌어안고 지낸다. 나는 오히려 그런 아이들의 모습이 신기하다.

아이들은 산악등반, 현장체험, 봉사활동 등 다양한 야외수업이 많아서인지 자연과 더불어 그 풍경에 동화되어 살아간다. 주입식이 아니라 자연 안에서, 자연과 어우러져 양업의 아이들은 이렇게 나날이 아름다운 청년으로 성장하고 있다.

질풍노도의 시기

밤 12시가 되면 몰래 탈출을 시도하는 아이들, 아침이면 시치미를 뚝 떼고 들어와 아침밥을 먹고 기숙사에 들어가 잠을 청하는 아이들이 있다.

일찍 일어나는 나는 교사 동을 천천히 돌아보고 나서 아침 기도와 미사를 드린다. 그런데 산책을 하다 보면 택시를 타고 학교로 돌아오는 아이들과 종종 마주치게 된다. 나와 마주친 아이들은 눈이 동그래지고, 그들을 태웠던 택시 기사도 덩달아 놀라 달아난다.

기숙사 내에서 신는 슬리퍼를 그대로 끌고 외출한 모습이라니! 복장 또한 가관이다. 아이들은 나를 보자마자 산으로 달아난다. 여름이면 수풀이 무성하지만, 겨울 산은 그렇지 않으니 우리 아이들처럼 노랑머리, 빨강머리일 때는 더 쉽게 노출되기 마련이다.

머리 색깔 때문에 금세 찾아내 손짓을 하며 부르지만, 아이들은 나올 생각이 없다. 그러나 아이들의 낙엽 밟는 소리를 듣고 개가 짖어대는 바람에 결국 들키고 만다.

PC방도 좋지만 잘 때 자고 일어날 때 일어나 초롱초롱한 눈망울로 공부하면 좋으련만, 뒤죽박죽인 생활의 연속이다. 컴퓨터 게임이 아무리 좋아도 원칙을 무시한 삶은 자율이 아니라고 알려주고, 외출할 때는 외출복을 입고 단정한 모습으로 나가라고 말했다. 그리고 나가고 싶을 때는 당당하게 나가라는 말도 덧붙였다.

언젠가는 하고 싶은 일뿐만이 아니라, 하고 싶지 않지만 해야 할 일을 기꺼이 선택하는 날이 오기를 기대하며, 또 기다린다. 청소년 시기에는 아무리 '하라'고 해도 자기가 원하지 않으면 죽어도 하지 않으려 하지만, 자기가 원하는 일은 즉각적이고도 무조건적으로 움직이는 힘을 가지고 있다. 전문 용어로 이를 '추동追動'이라고 한다.

어린 시절에는 먹는 것에 중심을 두지만 청소년기가 되면 외적인 것, 즉 장신구다 머리 염색이다 하여 온통 몸 관리와 치장에 정신을 쏟는다. 또 부모 몰래 외출과 외박을 하고 게임에 미치기도 하며 좋아하는 가수를 만나기 위해 공연장에서 며칠 밤을 새우기도 한다.

이러한 기간이 들쭉날쭉 길어지면 나침반이 고장 나서 방향을 잃듯이 아이들도 원래 가고 있던 방향을 잃고 일탈하게 된다. 무엇을 하든지 극단으로 매달리지 않는 중용이 필요하지만, 무엇이 중용인지 알지 못하는 청소년 시기에는 시행착오를 겪을 수밖에 없다.

자신의 정체성을 확인하며 적당히 여가 선용을 한다면 생생한 힘이 솟아날 텐데 그게 어디 말처럼 쉬운 일인가. 아이들은 어른들이 만들어 놓은 규칙이 지나치게 억압적이라고 느껴지면 즉흥적인 자기만족에 몸을 맡긴 채 가정과 학교로부터 탈출을 시도하기도 한다.

그리고 자기통제 능력을 상실하게 되면, 자유를 남용하여 방탕과 방종을 일삼게 되어 다른 사람에게도 크나큰 피해와 거부감을 주게 된다. 그러다가 나중에는 불확실한 미래에 대한 두려움으로 계속 일탈의 길을 걷게 되기 쉽다.

이러한 청소년을 도와 줄 교사들은 내적으로 성숙한 사람들이어야 한다. 성숙한 교사들이 학생들에게 다가가 행동의 완급을 조절해 주고 몸과 마음에 생기를 북돋워 준다면 선생님이 옆에 있다는 것만으로도 큰 힘이 될 것이다.

우리는 인생의 여정 중에서 자기를 세워 주었던 스승들을 기억하고 있다. 방향을 잃어 갈 곳 모르고 헤맬 때 옆에서 방향을 제시해 주던 선생님에 대한 고마움은 세월이 흐른 뒤에도 두고두고 잊을 수가 없다. 질풍노도의 청소년 시기에 그들을 바로 세워 줄 교사, 추동의 완급을 적절히 조절해 줄 교사의 능력과 노력이 그 어느 때보다 절실하다.

상처가 되는 말

"아이들이 참 불쌍해요. 상처가 너무 깊습니다." 학생을 상담하고 난 후 한 상담 전문가가 한 말이었다. "오랜만에 말문을 연 학생의 이야기가 너무나 충격적이었어요. 아버지를 한강에 묻어버리고 싶대요."

상담 교사의 말을 듣는 순간 귀가 의심스러워 되물었다. "뭐라고요?" 상담 교사는 똑같은 말을 되풀이하며 학생에게서 들은 이야기를 그대로 전해 주었다.

"아버지 혼자만 잘났고 똑똑해요. 이해심도 없고 너무 일방적이에요. PC방에서 밤을 새우고 온 날, 엄청나게 비난을 퍼부으며 숨도 못 쉬게 때렸어요. 툭하면 누구를 닮아 그러느냐며 엄마를 들먹였고, 엄마에게도 욕설과 폭력을 휘두르곤 했어요. 딴 이유는 없어요. 아버지 기대에 미치지 못하면, '나가 죽어!'라고 소리치며 미친 사람이 돼요. 저는 아버지의 그림자조차 없어졌으면 좋겠어요."

그날은 학부모회의가 있는 날이었고, 학생들에겐 특성화 교과로 '청소년 성장 프로그램'이 있었다. 그리고 학부모회의를 마친 뒤에 '부모 역할 훈련' 강의가 있었다.

상담자로부터 들은 얘기를 마음에 새기며 학부모들을 만났다. 부모들에 대해 심한 불신을 품고 있는 아이들 얘기를 들려주며 일방적인 강제나 비난을 자제하고 대화 기법을 배워 사랑으로 다가가도록 권유했다. 학부모들은 하나 같이 고개를 숙인 채 숙연한 모습이었다.

선생이라면 다 싫다는 한 여학생이 있었다. 중학교 2학년 때까지는 공부를 잘했는데, 한 번 숙제를 해 가지 않은 날 담임 선생님에게 엄청나게 얻어맞고 인격적인 모욕을 당했다고 한다. 그 후로 그 과목이 싫어져서 숙제를 안 하게 되었고, 그로 인해 줄곧 선생님에게 얻어맞았다. 그리고 친구들이 지켜보는 가운데 온갖 수모를 다 당했다고 한다.

화가 난 선생님이 학생에게 이렇게 물었다.

"너희 아버지 뭐 하시니?"

"네, 차에 물건을 싣고 이 동네 저 동네로 팔러 다니십니다."

그러자 선생님은 학생에게 존경의 대상인 아버지를 빗대어 "장돌뱅이 아버지란 말이지?" 하면서,

"야, 이 X아, 너도 나가서 장돌뱅이나 해라."라고 말했단다.

그 얘기를 전하며 여학생은 분노가 가득한 표정으로,

"당당해질 겁니다. 내가 크면 그 선생님 가만두지 않을 거예요." 하며 다짐했다.

그 여학생은 상급 학년이 되어 담임이 바뀌었을 때에도 모든 선생님들이 다 그런 줄 알고 선생 공포증에 걸려 있었다고 한다.

우리네 인생은 누구를 만나느냐에 따라 그 인생 행로가 달라진다. 그 여학생에게 있어서 그 선생과의 만남은 너무 가혹하고 있어서는 안 될 만남이었다. 운명론자들처럼 그들의 상황을 팔자로 돌려야 하나?

아이들이 무슨 죄가 있다고 못난 부모와 미성숙한 선생을 만나 증오심을 키우며 살아야 한단 말인가. 반인륜적이고 패륜아적인 행동을 볼 때마다 우리는 아이들에게만 죄를 따지곤 하는데, 솔직히 그 아이들에겐 아무 죄가 없다.

상담 교사가 들려주었던 '한강에 수장시키고 싶다.'라는 말은 언제 들어도 여전히 섬뜩하다. 그러나 그런 마음을 품고 있는 게 어디 그 학생뿐이겠는가. 훌륭한 가정은 좋은 부모들에 의해, 훌륭한 학교는 좋은 교사들에 의해 이루어진다는 것은 몇 번을 말해도 지나치지 않다.

부부 사이의 문제나 사회생활에서 오는 불협화음에 대한 분노를 자녀와 학생들에게 터트리며 그들을 옥죄는 부모와 교사들을 위해 기도해야겠다.

달라진 모습, 달라진 시각

"신부님, 학교가 우리한테 해준 게 뭐가 있나요? 선생님들이 공부를 제대로 가르쳐 주셨나요, 아니면 우리를 제대로 일으켜 세워주길 하셨나요?"

물에 빠진 녀석을 건져놓으니 보따리 내놓으란다. 공부방을 흡연실로 바꿔 버리고 아침에 깨우면 소리를 질러대던 아이들이었는데 인성이 서서히 회복되니 이제 딴 욕심이 생겨나고 있나 보다.

"정신 차리고 공부할 겁니다."라고 입버릇처럼 말하기에 그럼 도대체 언제부터 할 거냐고 물으면, "새 학년이 시작되면요."라고 대답하곤 했다. 그러다가 정작 새 학기가 시작되면, 미루기만 하더니 어느새 졸업이 코앞에 닥치게 된 거다.

문득 학창시절, 시험을 앞두고 어머니한테 깨워 달라 부탁하고 잠자리에 들었다가 이불 속에서 늑장을 부려놓고는 터무니없이 어머니한테 성화를 부렸던 일이 떠올랐다. 우리 아이들도 좋은 세월 다 보내놓고는 이제 와서 학교가 제대로 해준 것이 없다고, 교실로 불러들이지 않았다고 아우성을 치고 있는 것이다.

많이 늦어지긴 했지만, 지금이라도 무엇인가를 이루고 싶어 하는 아이들을 다행이라고 여겨야 할까. 좀 더 일찍 깨달았다면 지금쯤은 더 많이 달라져 있으리라.

늦게 깨달았다고, 또 우리에게 더 많은 것을 주지 않았다며 화를 내고 있는 아이들을 나무라고 싶지 않다. 오히려 얼마나 좋은 투정인가. 아이들의 투정이, 이렇게 변한 자신들을 자랑스러워하는 말로 들린다.

예전에 아이들이 야한 옷을 입고 외출하는 것을 볼 때마다 속이 뒤집히곤 했었다. 게다가 외박이 끝난 후 귀교 시간에 맞춰 들어오기라도 하면 좋으련만, 길게는 보름이 넘어서야 들어 온 적도 있었으니……. 그래도 우리는 참고 기다렸다.

3년이라는 세월이 흐른 지금, 옛 모습을 벗어 던지고 맑고 환한 모습으로 서 있는 아이들을 볼 때마다 얼마나 사랑스러운지 모른다. 그런 변화가 외부의 강제에 의해 이루어진 것이 아니라, 자기 안으로부터 스스로 이룬 것이라 더 귀하게 느껴진다. 다른 어떤 학생들보다 훌륭하고 대견해보인다.

그들의 모습이 지붕 위에 피어 있는 박꽃처럼 소박하면서도 아름답다. 우리에게 부리는 이런 투정이 더 높이 오르기 위한 아이들의 외침이라고 생각한다.

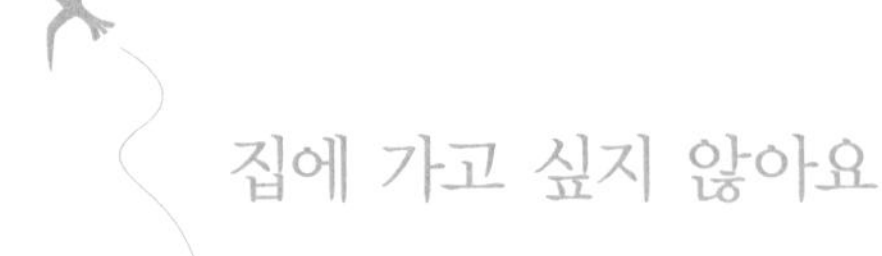

집에 가고 싶지 않아요

격주로 정해 놓은 '토요일 가족과 함께'가 실시되기 전날이면, 학생들은 모두 기숙사를 나가 집으로 향한다. 모든 교육의 기초는 가정에서 비롯된다는 생각으로 진행하고 있는 프로그램 중 하나인데, 요즘 가정에서는 그 책임을 학교로 떠넘기고 있는 것이 아닌가 싶기도 하다.

'나'의 정체성이 올바로 확립되어야 너와 우리를 배우고 이를 통해 더 넓은 세상을 향해 걸어갈 수 있다. 그런데 요즘 청소년들의 두드러진 현상은 나만 존재하고 '너'라는 개념, '우리'라는 개념은 찾아보기 힘들다는 점이다.

이런 취지에서 가족과 함께 보내는 시간을 마련해 보려고 한다. 부모님과 함께 많은 대화를 나누고 서로의 연대감을 통해 가정에서부터 민주 시민의 기초를 다지는 것이 인성 교육의 시작이라고 생각하기 때문이다.

그런데 그동안 지쳐서인지 부모는 아이들이 학교에 있기를 바라고, 아이들은 아이들대로 잔소리가 싫어서인지 집에 가려고 하지 않는다. 자녀들에게 관심을 가지고 지켜보는 학부모들도 있지만, 아이를 맡긴 다음에는 나 몰라라 하는 부모들도 많다. 이런 경향은 학년이 올라갈수록 더 심해진다.

학년이 올라갈수록 아이들은 점점 더 성숙해지고, 교사들이 믿음직스러워서 그런지 아이들은 집에 가기 싫어한다. 그래도 아이들이 바로 설 수 있게 하려면 부모들의 지속적인 관심이 필요하므로 집으로 보내려고 한다.

집에 가기 싫어 번번이 친구 집으로 도망가는 아이들이 이제는 PC방에서 서성이다가 일요일 새벽이면 우르르 학교로 몰려와 진을 친다. 학교가 가정의 기능까지 맡게 되는 것일까. 아이들은 '다녀오겠습니다', '다녀왔습니다'라고 얘기하는 최소한의 예의도 지키지 않고 아무 소리 없이 들어와 잠만 자다가 일어나서 밥만 먹고 나간다. 그런 모습을 보면, 잘 참다가도 불끈 성질이 난다. "여기는 학교지 수용 시설이 아니야!"라고 소리쳐 보기도 한다.

그러나 '우리가 원하는 대로 선생님 더 가까이 와주세요.'라고 주문하는 아이들의 요구에 마음 한 구석이 아파온다. 포근한 안식처가 없어 학교에 남아 있는 아이들을 보면, 학교에서 그 아이들을 수용해 주어야 하는데 체력의 한계 때문에 힘들어하는 선생님들이 마음에 걸린다. 긴장의 연속으로 신경 쇠약을 호소하는 선생님들을 바라보면, 선생님들에게 얼마나 더 많은 희생을 요구해야만 하는 건지 고민이 된다.

이번 일만은 제가!

제 자식은 태어나서 고등학교에 올 때까지 저희 말을 거역해 본 적이 거의 없었습니다. 그 놈을 명문이라는 논산 ㄷ고에 입학시켜 놓고 기숙사에서 잘 지내겠거니 여겼는데 얼마 후 학교를 그만두고 가출까지 했다는 소식을 들었을 때는 눈앞이 캄캄했습니다.

아이의 일이 사실이 아니길 바라면서 학교를 방문했습니다. 그런데 아이는 이미 학교에 없었습니다. 집에도 돌아오지 않았지요. 일 년이 지난 후에야 그동안 아르바이트를 해서 돈을 제법 모았다며 집에 돌아왔습니다. 그리고는 머리를 싸매고 공부를 하더니 대입검정고시에 합격했습니다. 고등학교 과정을 마치게 된 셈이지요.

이 녀석이 학교를 탈출한 것은, 자신이 지내온 날들이 어른들의 일방적인 강요에 의한 것이라는 생각이 든 후라는 사실을 나중에 알게 되었습니다.

아들이 초등학교 시절부터 우리는 함께 새벽공기를 가르며 미사에 참여하곤 했습니다. 이 일은 중학교 졸업 때까지 계속 되었고 복사를 하며 신부님의 사랑도 많이 받았습니다.

아이는 자연스럽게 사제성소를 키우며 자랐죠. 학교에서 선생님이 장래 희망을 물으면 자신 있게 칠판에다 '신부神父'라고 쓸 정도로 사제성소를 굳게 마음속에 간직하고 있었던 겁니다.

논산 ㄷ고에 보낸 것도 나중에 가톨릭 학교로 진학하면 확실하게 사제의 꿈이 실현될 줄 알았기 때문이었습니다. 그런데……. 학교 탈출 후, 그동안 아들의 의사보다 나의 고정관념과 신부님의 격려 탓에 아이가 견디기 힘든 부담을 짊어지고 있었다는 것을 깨닫게 되었습니다.

부모는 성장해 가는 아이를 바라보며 즐거워했고, 복사 노릇을 잘하며 순명하는 것이 사제 생활을 준비하는 것으로만 알았던 겁니다. 그러나 그것은 어른들의 착각이었지요. 아이는 함께 미사를 봉헌하고 가까이서 사제의 모습을 지켜보며 사제의 삶이 얼마나 힘든지 깨닫게 된 것입니다.

그래서 그 꿈은 점차 엷어져 갔고 학교를 탈출하는 것이 사제성소를 접는 길이라는 판단을 내리게 된 모양입니다. 당황해하는 내 모습을 보고 있던 아이는 저에게 부탁했습니다.

"앞일은 잘 모르지만, 지금 당장은 사제의 꿈을 고려하고 싶지 않습니다. 지금까지는 어른들의 말에 거의 순명하며 지냈는데, 이 일만은 제가 결정하도록 내버려두세요."

그 순간 그동안의 꿈이 나의 착각이라는 것을 비로소 알게 되었고, 반대로 아이는 꿈에서 깨어나고 있는 듯한 느낌을 받았습니다.

늘 밝고 명랑하며, 긍정적인 사고방식을 갖고 있는데다 운동을 즐겨했다는 학생이 왜 양업학교에 왔는지 궁금했었는데 이제야 그 궁금증이 풀렸다.

그래도 아버지는 아이의 인간적인 성숙을 위해 검정고시로 대학을 진학하는 것보다 공동체 속에서 인간관계의 안목을 넓히며 살아가기를 바라는 마음만큼은 양보하지 않으셨다고 한다. 그래서 그걸 따르기 위해 '양업'에 왔다는 말을 아이로부터 들었다. 별난 녀석이 또 한 명 입학했다고 속으로 뇌이면서 잘 살기를 바래본다.

"아버지 말씀에는 허풍이 제법 들어가 있습니다. 하하……."

아이는 이야기를 하며 시원스레 웃었다.

이건 아니다

1학년 학생 한 명이 밤에 잠을 자다가 침입자에 의해 폭행을 당해 눈언저리에 피멍이 들고 코뼈가 부러지는 일이 벌어졌다. 지난번에 하극상과 관련되었던 학생들은 봉사활동을 통해 문제가 잘 해결되었고 화해도 했는데, 그와 상관없는 다른 학생이 술을 마시고 들어와 그 사건에 끼어들어 폭력을 휘두른 것이다.

3학년 학생 세 명이 함께 술을 마셨고, 그 중 한 명은 지난번에 하극상을 당한 3학년 학생으로 홈home장長이었다. 홈장은 자기 홈의 구성원인 1학년 학생들을 보호해 주어야 할 의무가 있다.

그런데 함께 술을 마시고 들어와 자기 홈의 학생이 폭력에 노출되어 있는데도 그 상황을 방조한 것이다. 폭력을 휘두르지는 않고 그저 옆에 있었다고 하지만 그건 간접 폭력자로서 변명의 여지가 없다.

아침이 되어 피해 학생을 만났다. 아픔을 참으며 서럽게 울고 있는 모습을 보고 있으려니 정말 견디기 어려웠다. 이 일로 인해 가해 학생에게는 1년간 유급이라는 벌이 내려졌다. 그리고 학교를 떠나 알코올 치료와 심리치료를 동시에 받도록 했다.

교사가 24시간 학생들과 함께 지내는데도 이처럼 교사의 눈을 피해 일이 벌어져 난감할 때가 많다. 피해 학생이 치료를 받고 학교로 돌아왔는데, 눈언저리 부기는 빠지지 않고 그대로였으며, 눈언저리가 무섭도록 충혈 되어 그 당시의 아픔이 되살아나는 듯했다.

내 마음도 이리 아픈데 피해 학생 부모는 어떻겠는가. 그런데 학부형들이 가만히 있으면 중간이라도 될 터인데, 평소에 문제가 있는 학생들의 부모가 더 시끄러웠다. 학생들을 처벌하라고 아우성치는 한편, 자신의 아이도 그 상황에 간접적으로 관계가 있는데도 불구하고 슬그머니 발뺌을 하려고 해서 속이 많이 상했다.

게다가 1학년 피해 학생의 상황을 이야기하자 가해 학생의 부모가 나서서 '다른 고등학교는 이보다 더하다'는 둥, 문제를 아전인수 격으로 해석하려 하니 불쾌하지 않을 수가 없었다.

'내 탓이요' 하고 자신의 잘못을 솔직히 인정하면 되는데, 왜 자기 자식만 두둔하는 걸까. 학교가 관심이 없다는 둥, 인간적으로 대접을 해주지 않는다는 둥, 문제해결에 도움이 되지 않는 말을 만들어 여러 사람을 어렵게 만드는 이유가 무엇인지 알 수가 없다.

제발 어른답게 처신했으면 좋겠다. 아이들 문제를 객관적으로 바라보며 올바른 말을 할 수 있는 학부모가 되기 바란다. 뒤통수를 치는 식으로 반응하는 것은 자신의 자녀에게도, 학교에도 좋지 않은 영향을 미친다.

시각의 차이

새벽 3시. 누가 이 밤중에 저렇게 큰 소리로 떠드는 것일까. 아무리 둘러봐도 보이지 않았다. 밖에 개 짖는 소리가 나기에 혹시 공사하는 사람들이 남아 있는지 건물 밖으로 나가 한 바퀴 돌고 있는데, 불이 켜진 곳이 있었다. 2층 여학생 화장실! 문을 노크한 후 열려고 하니, 잠겨 있었다.

옛날 군대 시절 지리산 동복 유격장에서 훈련을 하고 있을 때 하도 배가 고파 산기슭에 있는 가겟방에 몰래 들어갔던 적이 있다. 빵을 사서 한 입 베어 물었는데 상관이 밖에서 문을 두드리며 "문 열어!"라고 고함을 질렀다. 그 소리를 듣는 순간 침이 말라 빵이 버석거렸던 기억이 떠오른다. 교장의 목소리를 들은 녀석들의 술맛이 그랬으리라.

문을 열고 보니 술잔이 흩어져 있고 남학생 다섯 녀석이 엉거주춤 서 있다. 이 학교는 주위가 다 산이고 들판이어서 밖이 모두 안전지대이기는 하지만, 날씨가 추워서 건물 안으로 들어온 모양이다.

그런데 왜 하필이면 교장 사제관 바로 아래에 있는 여자 화장실을 택한 것일까. 여학생들이 기숙사로 다 가고 나면, 그곳이 최상의 안전지대라고 생각한 걸까. 등잔 밑이 어둡다는 속담이 그날만큼은 빗나갔다. 나는 널브러진 술판을 보는 순간 마음을 가다듬지 못해 손찌검을 하고는 숙소로 돌려보냈다.

다음날, 다시는 술을 마시지 않겠다는 서약을 받기 위해 부모들이 호출되었다. 그 일로 학생들은 나에게 불만이 가득 차서 이렇게 말했다.

"이번 일은 잘못 처리하시는 겁니다. 저희에게는 상처가 되어 남을 것입니다. 우리가 스스로 변해야 하는 것이고, 또 우리가 책임져야 할 부분인데, 왜 부모님을 소환하십니까?"

'좋은 학교' 이론에서도 문제를 해결하고자 할 때 학부모에게 알리지 않도록 하고 있다. 그런데도 이번만큼은 단호하게 처리하고 싶었다. 그들이 3학년이 되면 학교의 중심이 될 것이고, 학부모 또한 지금의 학부모 회의를 주도하고 있는 분들이라 학교 경영 원칙의 본보기로 삼고자 마음먹었다.

"우리는 학교생활에 더 이상 협력하지 않겠습니다."

"나도 너희들이 계속적으로 잘못하는 일을 더 이상 두고 보지만은 않겠다."

나도 물러서지 않았다. 서로의 감정이 가라앉지 않았고 얼마간 침묵이 흘렀다. 내가 먼저 말문을 열었다.

"나는 너희들을 사랑한다. 너희가 나에게서 상처받은 것처럼 나도 너희들로 인해 얼마나 많은 상처를 받고 있는지 알아 주었으면 좋겠다. 서로가 이해하는 폭이 달라 상처를 주고받고 있지만 분명한 것은 내가 너희들을 미워하지 않고 사랑한다는 것이다."

부모들에게도 손님처럼 왔다 가지만 말고 학교의 고충을 이해하는 학부형이 되어, 자신들을 이해해 주지 못한다는 자녀들의 아우성만 듣는 것이 아니라 학교 운영과 교사들의 고충도 이해해주면 좋겠다고 이야기했다. 원칙을 세워 주고 그 안에서 자율과 행복을 느끼도록 하는 것이 교사들의 책임인데, 입장이 서로 다른 관계에서 어떻게 하면 상처를 주고받지 않고 사랑을 나눌 수 있을까 고민해 본다.

문제를 해결하는 방법

수업 시간은 언제고 그랬지만 그날은 더 소란스러웠다. 한 아이가 늦게 들어와 의자에 앉자마자 바닥에 침을 뱉었다. 누구나 이러한 행동에 너그러울 수가 없다. 게다가 선생님은 무시당한 느낌이 들고 몹시 불쾌했을 것이다.

"침을 닦아라!"

선생님의 말이 명령조로 변하자 학생은 침을 거칠게 발로 비벼 댔다. 기분이 상한 선생님이 꾸짖자, 아이는 오히려 눈을 치켜떴다. 도저히 그 학생을 데리고 수업을 할 수 없어서 선생님은 "나가!"라고 명령했다.

그러자 학생은 수업료를 내고 공부하는데 왜 나가라 마라 하느냐며 항변했다. 다시 선생님이 소리쳤다.

"밖으로 나가!"

아이는 의자를 들어 내던지는 시늉을 하고 씩씩거리다가 욕지거리를 하며 나갔다. 그날 수업은 엉망진창이 된 채 끝나 버렸다.

선생님은 너무 무례하고 위협적인 학생의 행동에 충격을 받았다. 다른 학생들은 이 모습을 지켜보다가 모두 저기압이 되었다. 교사는 '아하, 이러다가 교사가 학생에게 봉변을 당하는구나.' 하는 생각이 들었다고 했다.

나는 감정이 채 가라앉지 않은 선생님의 모습을 보고 당시 경위를 알아보기로 했다. 권위가 손상되어버린 교사, 교실에서 뛰쳐나간 학생 모두 다 아플 수밖에 없었다.

당시 상황을 전해 들은 동료 교사들이 들고 일어났다. 대부분의 교사들은 이 문제를 즉시 교사회의에서 다루고 적당히 넘어가서는 안 된다고 야단이었다. 그러자 한 교사가 노련하지 못한 교사의 책임도 있다며 문제가 커지면 학생들의 상처가 더욱 깊어질 테니 일단 당사자들에게 맡기는 것이 좋겠다고 한다. 어떻게 처리하는 것이 현명한 것일까. 먼저 담당 교사와 이야기를 나눠보기로 했다.

학생에게 침을 닦으라는 지시와 밖으로 나가라는 명령에 대해 얘기를 나누었다. 남학생들 사이에서 소위 짱의 위치에 있는 그 학생의 입장을 생각하면, 설령 자기가 잘못했다는 생각이 들었다 하더라도 친구들이 보는 앞에서 무안을 당한 것이라 생각할 수 있으므로 자존심이 상했을 것이다. 또 선생님의 입장에서는 학생이 교사의 말에 반항하고 다른 학생들 앞에서 상스러운 욕을 했다는 것 때문에 큰 상처를 입었을 것이다.

나는 선생님에게 먼저 다가가도록 설득했다.

“먼저 선생님이 넉넉해져야 합니다. 그리고 신뢰를 가지고 학생에게 다가가야 합니다. 그 상황에서 서로가 느낀 비참함과 참담함에 대해 이야기를 나눠야 합니다. 아무래도 아이보다는 선생님이 강자가 아닙니까. 강자가 좀 넉넉하게 이해하고 다가가야 하지 않을까요? 선생님의 상처도 먼저 그 학생의 마음을 헤아리고 용서해야 아물 수 있다고 생각합니다.”

그날 저녁 전체회의에서 상황을 적나라하게 알리는 게 도움이 된다는 의견을 펴는 선생님들과 대화를 나눴다.

“상처를 받은 사람은 그 선생님입니다. 우리는 그분의 상처를 아물게 하는데 도움이 되어야 합니다. 우리가 교사와 학생의 상처를 치유해 줄 수 있다면 좋지만, 어설프게 건드려서 헤집어 놓는다면 치유는커녕 상처만 더욱 커질 것입니다. 둘 사이의 상처가 치유된 후 전체회의를 소집해도 늦지 않다고 생각합니다.”

서로에 대한 신뢰가 근본적으로 회복되어야 문제를 유감없이 풀어 갈 수 있다는 의견에 서로 수긍을 하고 있었다.

며칠 후 문제의 학생을 불렀다. 그때의 상황을 하나도 빠짐없이 들을 수 있었다. 그 학생은 목표는 엄청나게 높은데 비해 기초가 너무 부실했다. 벌써 몇 주째 학교생활도 제대로 못 하면서 학교가 자신의 목표를 이룰 수 있도록 도와주지 못한다는 불신감을 가지고 있는 상태였다.

“왜 그런 행동을 했지?”

“예, 거의 무의식중에 일어난 행동입니다. 담배를 피우면 침이 자꾸 나와 그렇게 뱉었어요. 그런데 선생님이 침을 닦으라고 명령하고 밖으로 나가라는 바람에 순간적으로 뚜껑이 열렸습니다. 반 아이들 전체가 지켜보고 있는데 선생님이 저에게 명령하셨을 때는 잘못했다는 느낌보다는 선생님이 나를 쪽팔리게 했다는 생각이 먼저 들었습니다. 아주 비참한 느낌이었습니다. 그래서 다 때려 엎을까 하는 생각에 일을 그 지경까지 가게 했습니다.”

“그래, 너에게도 상처지?”

“예.”

“그럼 이제 어떻게 할래? 선생님께 사과드릴 수 있니?”

“예.”

“그래, 잘 생각했다. 네가 선생님께 사과할 때 선생님도 너를 용서하고 품어 주실 거야. 우리 학교 선생님들은 진심으로 너희들을 사랑하고 있지 않니?”

“네, 맞습니다.”

“그렇게 사과할 때 선생님과 너의 관계가 예전처럼 좋아지고 상처도 자연스럽게 아물게 될 거야. 때가 되었다고 판단이 되면 그 일에 대해 내가 전체회의 때 이야기해도 괜찮겠니?”

“네.”

담당 선생님을 만났다.

“아이들의 감정 기복이 너무 심해요. 자기 안에서 갈등 조절이 안 되니까 자신도 힘들고 남에게까지 영향을 주게 되지요. 이런 일들이 닥치면 우리 모두 힘들어질 수밖에 없습니다. 하지만 교사도 책임이 있습니다. 교사가 지혜롭게 대처하지 못하면 문제가 더 커집니다."

만나서 서로 속마음을 이해하게 된 선생님과 학생은 다시 제자리로 돌아왔다. 서로가 고집하고 맞서기라도 했다면 일이 더욱 어려워졌을 것이다. 이번 일이 잘 마무리된 덕분인지 그 후로는 같은 일이 반복되지 않았다.

폭력은 안 된다

보스 기질을 타고난 것일까, 아니면 늘 폭행을 당하다 보니 그 반대급부로 터득하게 된 행동인 걸까. 학생들의 폭력은 가정적인 요인이 가장 크다고 하는데, 성장 과정에서 이미 부정적인 행동이 내면화된 탓인 걸까.

아이들과 지내면서 공격성 성격장애는 어떤 부모 밑에서 자랐고 어떠한 가정에서 사회화 과정을 겪었는가가 중요한 요인이 된다는 것을 알게 되었다. 학생들끼리 서로를 짓밟는 언어폭력은 물론, 물리적 폭력 역시 남녀 가릴 것 없이 심각했다. 선배도 없고 후배도 없던 첫해의 입학생들은 교사와의 공감대가 적어서인지 교사의 권위가 잘 먹혀들지 않았고 또래 집단에서의 힘의 논리만이 그들을 지배했다.

하지만 누구도 때릴 권리는 없으며 맞을 이유 또한 없다. 폭력이 눈에 보이지 않게 커 가고 그 피해로 아이들이 하나둘 학교를 떠나가고 있었다. 매일 지키고 서 있을 수도 없는 노릇이고 상황을 극복할 뾰족한 대안이 없었다. 폭력으로 학교를 떠나는 학생들을 그저 안타깝게 바라볼 뿐이었다.

얼마 후 가해자들을 어떻게 처리할 것인가 하는 문제를 두고 선생님들과 회의에 들어갔다. 그 결과 다른 아이들과 떼어 놓는 격리 수단으로 각자에게 '귀가 조치'를 결정했다. 귀가 조치는 격리 수단인 동시에 집에서 혼자 지내며 스스로 돌아보고 성찰해야 하는 혹독한 책임이었다.

자기와의 시간을 가지며 반성하고 새로운 각오와 계획을 품고 돌아오라는 뜻에서 그와 같은 결정을 내렸다. 이것은 행위에 대한 책임일 뿐만 아니라 폭력을 스스로 통제하도록 도와주고 성장 과정에서 내면화된 부정적 요인을 지워 버리기 위한 작업이기도 했다.

얼마 전 교육계에서 '사랑의 매' 전달식이 있었다. '잘못을 저지른 학생을 가르치기 위해 교사는 때릴 수 있다. 자식을 제대로 키우려면 매를 아껴서는 안 된다. 가르치기 위해 때리는 것은 폭력이라고 볼 수 없다.'라는 것이 그 뜻이다.

하지만 나는 그러한 사랑의 매도 있어서는 안 된다고 생각한다. 나 역시 지금까지의 고정관념으로 말보다는 행동이 먼저일 때가 있었다. 그리고 자상하고 포용력 있는 대화보다는 일방적인 언어폭력이나 물리적인 폭력이 우선할 때가 많았다.

그런데 이제는 달라져야 한다. 아무리 감정이 상하더라도 언어적 폭력이나 물리적 폭력이 걸러지지 않고 바로 튀어나온다면 약자인 상대방, 특히 청소년들이 그것을 어떻게 이해하겠는가?

아이들이 더 이상 교사나 동료들의 폭력 때문에 학교를 떠나지 않도록 해야 한다. 양보할 수 없는 원칙 중에 하나는, 어떠한 폭력도 학교에서 절대 사용되어서는 안 된다는 것이다. 양업은 물론이고, 그 어떤 학교라 할지라도 학교라는 공동체가 힘의 논리에 의해 구조적으로 길들여진 폭력으로 약자를 지배하려 든다면, 피해는 결국 누구에게 돌아갈 것인가를 먼저 생각해 봐야 하지 않겠는가.

또 다른 갈등

3월 마지막 무렵 목요일 오후였다. ㅊ이 국어 시간까지 빼먹고 면담을 신청했다. 지난번 수능 모의고사를 볼 때 ㅊ이 시험을 거부하고 교실을 나갔다는 이야기를 들은 후, 덤덤한 마음으로 기다리고 있던 터였다. 그런데 지내기가 불편했는지 ㅊ이 먼저 직접 교장실을 찾아온 거다.

"신부님, 우리 학교는 좋은 학교를 지향하고 있다지만, 정말 좋은 학교는 아닌 것 같습니다. 저는 학교에서 마음이 멀어지고 있습니다. 기존 학교와 다를 게 없어요." 하며 한숨을 내쉬었다.

"어떤 경우에 그렇지?"

"저는 지난번 수능 모의고사를 거부했습니다. 그때 선생님들은 물론 친구들까지도 저를 이상한 눈으로 바라보았습니다. 저를 쳐다보던 선생님들의 시선이 저를 어느 한 곳에 맘 편히 머물 수 없게 했고, 죄인 취급을 하는 것 같았습니다.

작년에는 그렇지 않았는데 새로 부임한 선생님들은 다른 학교 선생님들과 똑같아 보입니다. 더 이상 사랑이 넘치는 학교가 아니라는 느낌이 제 마음속에서 커 가고 있습니다. 솔직히 저희들은 다른 학교에서 상처를 많이 받고 이곳에 왔습니다. 그리고 작년에 와서 본 우리 학교는 사랑이 느껴지는 훈훈한 학교 같았습니다. 선생님들은 정이 있고 사랑이 있었어요. 그런데 이번에 새로 오신 선생님들은 여전히 다른 학교 선생님들과 닮아 있습니다."

ㅊ의 마음을 헤아려가며 이야기를 들은 후 말문을 열었다.

"그 일로 죄인 취급을 받았다는 생각이 드니, 마음이 많이 아팠겠구나. 아마 선생님들은 너에게 거는 기대가 컸는데 네가 시험 거부를 하니 '이건 아닌데' 하며 실망을 크게 하셨던 것 같다. 그래서 선생님들이 그동안 너를 대하는 태도가 냉랭하게 느껴졌을 거라고 생각한다.

지금 계시는 선생님들이나 떠나신 선생님들이나 너희를 사랑하는 마음은 다 똑같단다. 네가 어떤 마음을 지니느냐에 따라 다르지 않을까? 너희들은 인성 교육 운운하다가도 어느 날 불쑥 '나 대학 갈래요.' 그러기도 하지 않니?

선생님들이 열을 올리며 갑론을박 논쟁을 하는 것도 바로 그 문제란다. 부모님들은 사람 만들어 달라고 맡겨두고 가셨지만, 지금은 너희 스스로 공부시켜 달라고 대학 가겠다고 성화를 부리기도 하니까.

나도 솔직히 인성을 제대로 가꾸어 너희들을 떠나보내고 싶지만, 그것만이 교육의 목표는 아니라고 생각한다. 작년에 선생님들이 어려워했던 것도 인성을 중요시해야 한다는 것과 공부를 시켜야 한다는 두 가지 명제 사이의 갈등이었어. 결론은 양쪽 모두를 중요시해야 한다는 것이었다. 그것이 교육의 본질이니까.

지금도 마찬가지다. 가끔 선생님들의 사랑이 예전 같지 않다는 생각이 들지도 모르지만, 그건 아니란다. 너희 손에 뭔가를 제대로 쥐어주기 위해 선생님들이 해온 노력을 너희들이 뿌리칠 때, 자신들의 마음이 아프다는 것을 냉랭한 태도로 표현한 것뿐이야.

자기를 제대로 일으켜 세우지 못한 채 잠만 자고, 수업 시간에는 들어오지도 않고, 들어와서도 지루하다는 표정으로 들락거리고, 말도 없이 외출하고, 외박하고……. 그러는 너희들 때문에 선생님들이 엄청나게 스트레스를 받고 있단다.

그런 일로 선생님들이 이전 학교 선생님들보다 더 사무적인 선생님으로 바뀔 수도 있다는 사실을 너희는 모르고 있어. 사랑은 쌍방이 서로 주고받아야 아름다운 거야. 그런데 지금 선생님들이 이렇게 벙어리 냉가슴 앓듯이 앓으며 지내고 있다는 걸 너희들도 좀 알아주면 좋겠구나.

나 역시 이곳에서 2년 넘게 너희들과 함께 지내면서 좀 더 마음을 넉넉히 가지려고 늘 다짐해보지만, 너무 지쳐서 나도 어쩌면 사무적인 모습으로 변해 가고 있는지도 모르겠구나.

우리 학교가 사랑이 넘치는 학교가 되려면 이러저러한 점이 개선되어야 한다고 요구하는 만큼, 너희들도 선생님들의 아픔을 이해하고 존중해 주어야 하지 않을까. 그리고 지난 일 년 동안 함께 지냈던 선생님들에 비해 새로 오신 선생님들은 아직 공감대가 형성되지 않았으니 때론 못마땅할 수도 있을 거라고 생각한다.

첫해에 관한 이야기를 들려주고 싶구나. 여러 가지 이유로 선생님들이 양업을 떠났던 것을 너도 기억하리라고 생각한다. 그리고 새로운 선생님들이 오셨을 때 너희들은 젖 떨어진 아이처럼 전에 계시던 수사님, 수녀님들을 다시 오게 해달라고 아우성치지 않았니. 너도 지금 똑같은 이야기를 하고 있는 것이 아닐까. 만일 이번 선생님들도 떠나게 된다면, 너희들은 또 옛날 향수에 젖어 그 선생님들을 다시 모셔오라고 성화를 부리겠지."

오랜 시간 ㅊ과 이야기를 나누었다. ㅊ은 들어올 때보다 가벼워진 발걸음으로 교장실을 나갔다. 교사건 학생이건 누구든 역지사지를 실천할 수 있다면 얼마나 좋을까.

해냈습니다, 신부님!

몸집이 우람한 ㅈ은 지리산 종주가 내키지 않았던 모양이다. 작년에 ㅈ이 들어 있던 조는 아예 산행을 포기하고 계곡에서 지냈다. 그런데 휴식 시간이 길어지자 분위기가 건전하지 못한 방향으로 흘러갔고 술을 마신 후 폭력으로 이어져 교사들을 애먹였다. ㅈ은 결국 그 일로 학교를 떠날 수밖에 없었다.

그런데 ㅈ이 떠난 후 그와 가깝게 지내던 친구들이 힘들어하는 모습이 이곳저곳에서 눈에 띄었다. ㅈ이 검정고시 준비를 한다는 소식이 들려오기도 했고 마음을 잡지 못하고 있다는 소식이 들리기도 했다. 학생들은 ㅈ이 다시 학교로 돌아오길 간절히 바랐다.

다행히 ㅈ는 일 년이 지난 후 다시 학교로 돌아오게 되었지만 지리산이 ㅈ에게 아름다운 추억의 장소일 리는 없다. 그런데 일 년 만에 다시 그 산을 오르게 된 것이다. 3박 4일의 지리산 종주가 시작되었고 체력의 차이를 고려해 베이스 캠프조도 따로 편성했다.

ㅈ은 옛 상처를 씻기 위해 산행을 선택했다. 산행이 한창 진행되고 있는데 본부 조에 전화가 왔다. ㅈ 신발바닥이 다 해졌다는 것이다. 얼마나 참고 견디며 산에 올랐으면 그렇게 됐을까. 본부 조는 "체중 덕인가?"라고 농담을 하며 한바탕 웃었다.

산행이 끝나고 백무동에서 만난 ㅈ은 나를 보더니 곧장 달려와 환하게 웃음 지으며 소리쳤다.

"해냈습니다, 신부님!"

나는 그의 어깨를 두드려 주었다.

"성공했구나. 잘했다!"

아이는 어느새 그렇게 자랐고, 초가을 하늘은 더욱 파란빛으로 아이를 내려다보고 있었다. ㅈ의 얼굴을 보니, 작년 지리산에서 입었던 상처는 이미 말끔히 아물었다고 느껴졌다.

선생님들은 평가회를 통해 이번 산행의 긍정적인 부분과 부정적인 부분에 대해 많은 이야기를 나누었다. ㅈ에 대한 긍정적인 평가가 이번 프로그램을 진행하며 감당해야 했던 온갖 어려움을 덮기에 충분했다.

텅 빈 교정에서

하나씩 보면 톡톡 튀고 영리한 아이들인데, 모였다 하면 주변까지 뿌리째 흔들린다.

ㅇ은 전학을 가면서 "이 학교에서 세월만 갉아먹었습니다. 이곳에선 대학에 가기가 힘들어요."라고 하며 떠났다. 붙잡고 싶었지만, 새롭게 세운 의지가 확고하고 분명했다. 그래도 1년 반이 넘는 기간 동안 쏟아 부은 정성과 사랑은 잊어버린 채 학교가 자기에게 아무런 도움도 되지 못했다니……!

아이들은 석별의 자리가 아쉬웠는지 담임 허락도 없이 친구들끼리 얼마씩 걷어 가지고 시내에 나가 밤새껏 술판을 벌였다. 아침 식사를 하려고 일찍 나서는데 택시를 타고 줄줄이 들어오고 있었다.

공부하는 분위기를 만들어 달라, 학원과 독서실을 보내 달라 조르지만 그때뿐이다. 매일 술판을 벌이는 아이들, 남을 조금도 배려하지 않는 아이들, 자신을 스스로 추스르지 못하는 아이들. 좋은 학교를 꿈꾸면서도 돌아서면 금방 저 살고 싶은

대로 사는 아이들이 많다.

이번 추석에도 절반의 학생이 제멋대로 일찍 집으로 가버렸다. ㅇ은 이런 학교 분위기가 싫다는 이유로 아예 학교를 떠나갔다. 성실한 학생들을 이렇게 떠나보내게 되니 안타깝다.

추석 연휴라 모처럼 텅 빈 교정을 둘러보며 상념에 잠긴다. '얘들아! 돌아오면 더 잘해 보지 않을래? 역사는 만들어 가는 거라는데 시행착오와 숱한 아픔을 견디고 나면, 좀 더 좋은 학교가 되지 않겠니? 나는 첫 해보다 둘째 해, 둘째 해보다 셋째 해에 학교가 더 좋아지고 있다고 생각한다. 때때로 중심을 잡지 못하고 휩쓸리는 모습을 보면 걱정이 되지만, 그래도 너희가 잘 자라고 있다는 걸 믿고 있다.'

스스로 목표를 찾아가는 아이들

방과 후 학생들이 학교 뒤편을 부산하게 왔다 갔다 한다. 무슨 일인가 했더니, 화덕에 고구마를 굽고 있었다. 얼굴에 숯검정 칠을 하고 잘 익은 고구마를 호호 불며 맛있게 먹고 있는 중이다.

"이놈들, 하라는 공부는 하지 않고……."

"신부님, 저희 학교에서는 이것도 다 공부 아닙니까? 저희는 대안학교 학생답게 잘 지내고 있는 겁니다."

그날따라 아이들이 더 예뻐 보여서 칭찬까지 해주었다.

매일 아침 일찍 일어나 4킬로미터 조깅을 하고, 줄넘기로 몸매를 가다듬고, 야무지게 아침식사를 챙기며 건강한 일과를 활기차게 시작하고, 언제나 늦은 시간까지 스스로 열심히 공부하는 학생들이 있다.

그 중 한 학생이 주말에 집에 가서 지내고 난 후, 월요일 아침에 컵을 하나 들고 나타났다. 늘 명랑하고 부드러운 그 학생은 그날따라 더 환하게 웃으며 교장실을 찾았다.

"신부님, 어제 과천시 단축 마라톤 대회에 참가해 5등 했습니다."

"자네는 스스로 찾아 행하는 진정한 대안학교 학생이야."

대견하기도 하고 감동적이기도 해서 어깨를 두드려주며 칭찬을 아끼지 않았다.

먹는 것을 좋아해 날로 우량아가 되어가고, 담배 냄새로 예쁜 모습을 반감시키는 여학생이 있었다. 어느 날 그 학생이 나에게 살며시 찾아와 이야기했다. 아침만 먹으면서 단식을 하고 있는 중이며, 금연을 시도하고 있다는 거다. 속으로는 며칠이나 갈까 싶었지만, 일단 지지를 해주었다.

한 달이 지날 무렵이었다. 그 학생을 보고 깜짝 놀랐다. 좋은 향기를 풍기는 예쁜 여학생이 되어 나타난 것이다. 도서관에서 열심히 독서를 하며, 부족한 학과 공부를 하는 모습도 종종 눈에 띄었다.

자녀문제로 고민만 하던 어머니도 이제는 안심이 되는지 오랜만에 환한 모습이다. 그 학생을 만날 때마다 자랑할 만한 대안학교 학생이라며 칭찬해주지 않을 수가 없다.

사업을 하는 그 학생의 아버지는 일본에 남고, 어머니가 두 딸을 데리고 귀국해 일산에 있는 고등학교에 입학을 시켰다고 한다. 모국어를 잘 모르니 당연히 수업 내용을 잘 알아들을 수가 없었는데, 선생님이 질문에 답을 하지 않고 자기를 기분 나쁘게 빤히 쳐다본다며 학생을 사정없이 때렸다고 한다.

이곳에 왔을 때도 한국어를 제대로 알아듣지 못했지만, 2년이 지난 지금은 전혀 불편하지 않을 정도로 잘 구사하고 있다. 처음에 언어 문제로 얼마나 답답했을까. 이를 극복하기 위해 그 학생은 부단히 노력했을 것이다.

영리하고 차분한 그 학생은 2학기 중간고사에서 여러 과목 만점을 맞았다고 한다. 이제 생활이 불편하지 않을 정도로 정상가동을 하게 되었으니 진심으로 축하할 일이다.

학부형들은 '흡연터'를 없애고, 강제로 학생들을 깨워 아침 운동을 하게 해달라고 한다. 늘 입에서 악취가 나는 일부 학생들은 중학교, 심지어는 초등학교 때부터 흡연을 했다고 실토한다. 담배로부터 해방되어야 한다는 것을 그 어느 누구보다 잘 알고 있는 아이들이다.

그러나 결단력이 부족하다. 작심 3일로 쉽게 포기해버린 탓에 실패의 경험이 축적된 것이 그들에겐 더 큰 장애이다. 청정지역에서 독한 매연을 스스로 마시며 우두커니 지내는 일부 중독자 학생들에게 강제와 명령이 묘안이 될 수가 없다.

대안학교는 스스로 목표를 찾아갈 줄 아는 학생들이 모여 있는 학교이다. 학생들은 부모나 교사에 의한 양육이나 교육과정을 통해, 이미 여러 차례 흐트러져버린 상태다. 자신이 누구인지 모르는 채 흐트러져 있는 아이들과 부모들이, 2주에 한 번씩 있는 '가족관계' 시간을 통해 긴 사랑의 대화를 나누며 많은 문제를 내어놓고 함께 풀기 바라는 마음 간절하다.

대안학교가 좋다

2학기를 시작한지 얼마 지나지 않은 점심시간이었다. ㅂ이 웃으며 말했다.

"1, 2학년 때는 몰랐는데, 3학년이 되니 대안학교가 정말 좋다는 생각을 자주 하게 됩니다. 사실 그동안 일반학교가 그리워서 돌아가고 싶었던 때도 여러 번 있었습니다. 자유와 방종이 잘 구분되지 않았고, 신부님의 군자 같은 말씀도 저에게는 아무 도움이 되지 않았습니다.

왜 마음에 와 닿지도 않는 말을 저렇게 들려주시는 걸까? 왜 우린 힘든 등산을 해야 하고, 남과 만나 하기 싫은 봉사활동을 해야 하고, 너른 세상으로 내쫓아 오관으로 체험을 하도록 하는지 몰랐습니다. 하지만 이제는 알아요."

"너야말로 대안학교의 용이다. 내가 그동안 많은 학생들을 졸업시켰지만, 너처럼 기억에 남을 만한 학생들은 그리 많지 않단다. 나는 내 기억 속에 남아 있는 졸업생들은 존경한다."

옥을 발견한 듯이 기뻐하며 칭찬을 아끼지 않았다.

ㅂ이 자랑을 한다.

"신부님, 제가 자유가 무엇인지도 모르고 제멋대로 방종한 생활을 할 때도 부모님은 중심을 잡고 저를 믿어주셨답니다."

"그래, 자녀를 망치는 것은 부모의 지나친 사랑이란다. 자식 사랑이 지나치면, 중심을 잃어버리게 되고 자녀를 과잉보호하게 되지."

"3년이 다 되어가고 있는 요즘 제 안에서 좋은 것들을 많이 발견하게 돼요. 그런데도 뭔가를 또 꺼내고 있는 제 자신을 보고 놀라기도 한답니다.

일반학교 아이들처럼 고등학교 3년 세월을 교실에서 보냈다면 경험한 것이 별로 없어서 무언가를 논하고 주장해야 할 때도 이론에 그치고 말았을 거예요. 그리고 감동과 호소력도 갖지 못했을 겁니다.

그런데 저는 대안학교에서의 삶을 통해 크고 작은 다양한 경험을 해봤기 때문에 많은 것을 자신 있게 꺼내고 종합해서 정리할 수 있어요."

"그래, 텔레비전 프로그램 중에 '아침마당'이라는 게 있지. 그 프로그램 출연자들을 보면, 지금 너처럼 삶 속에서 경험한 얘기를 자연스럽게 꺼내어 들려주는데 그 경험이 시청자들에게 감동을 주지 않니? 자네가 경험한 삶도 진솔하게 이야기해 주면 사람들이 큰 감동을 받을 거야."

ㅂ은 교무실로 논술 주제를 들고 자주 찾아오는 학생이다.

예를 들면 '황우석 교수의 생명 복제 연구'란 주제를 놓고, "저는 이렇게 생각하는데 신부님 의견은 어떻습니까?" 하고 묻곤 한다.

내가 '…… 이렇게 생각한다'고 이야기 해주면,

"저도 그렇게 생각합니다." 하고 맞장구를 치는데, 마치 어른의 생각을 꿰뚫고 있는 듯했다.

"어떻게 그런 폭 넓은 생각을 했지?"라며 묻지 않을 수 없다. 그러면 ㅂ은 당당하게 대답한다.

"제가 체험한 것들 안에서 찾아내어 종합한 거예요." 그리고 말을 이었다.

"철없이 마구잡이로 뛰어놀다가도 언젠가부터 '자신을 당당히 세우라'는 마음의 소리를 듣게 되었습니다. 그럴 때는 제 모습이 더욱 빛나고 자랑스럽습니다.

3년 동안의 대안학교 생활은 저에게 많은 것을 가르쳐 주었습니다. 자생력을 키워주었고, 주도적이고 자발적으로 미래를 열어갈 수 있는 힘을 갖게 해주었습니다.

그 힘은 상대방에게 해가 되는 물리적이고 파괴적인 것이 아니라, 절대 권위에 가깝다고 할 만큼 정신적이며 건강하고 풍성한 생명을 내재한 것입니다. 그 생명은 또 다른 생명을 만드는 힘이 될 거에요."

ㅂ은 참으로 자랑스러운 '양업인'이다. 우리 이야기를 부러운 듯이 듣고 있던 옆의 학생을 격려를 해주고 싶어서 말을 덧

붙였다.

"자네도 지난날이 참 어려웠지? 앞으로 진솔한 모습으로 당당히 선다면, 그동안의 허물은 오히려 감동과 생명력을 지니는 큰 재산이 될 거야."

점심식사 시간이 제법 길어졌지만, 무척 의미가 있었다.

도전하는 모습이 아름답다

우리 학교 졸업생이 늠름한 해군사관학교 생도가 되어 학교를 찾았다. 인문학과 교수인 대령을 인솔단장으로 하여 훈육관 1명과 청주 출신 생도 3명과 함께 모교를 방문한 것이다. 그들 일행이 교정에 들어오는 모습이 해군사관학교 흰색 제복이 갖고 있는 매력 덕분인지, 4월의 백목련처럼 우아하고 깔끔해보였다.

선배의 특강을 듣기 위해 전교생이 소란스레 교실에 모여 있다가 일행이 들어서자 열렬한 환영의 박수를 터트렸다. 해군사관학교 소개에 이어 졸업생인 그 생도의 특강이 있었다.

"여러분! 작은 시골에서 살아갈 수도 있지만, 도전하는 사람은 큰물에서 놉니다. 저도 큰물에서 지내기 위해 해군사관학교에 왔습니다. 여러분도 큰물이 있는 곳으로 오세요. 제가 양업에서 3년을 지내며 잊을 수 없었던 것은 놀 때 놀고 공부할 때 확실히 공부하며 많은 것을 경험했다는 것입니다. 여러분도 늘 적극적이고 긍정적인 사고를 갖고 하고자 하는 일에 도전해 큰 뜻을 이루시기 바랍니다.”

단장 일행은 학교를 돌아본 후, 대안학교에 대해 좋은 인상을 가지게 되었다며 미소를 지었다. 교감 수녀는 이 생도가 재학생일 때 얼마나 모범적인 학생이었는지 얘기하며 칭찬을 아끼지 않았다.

인솔 단장도 사관학교에서의 여러 정황으로 미루어보아 매우 뛰어난 학생임을 인정한다며, 지금부터 더 잘해야 된다는 말도 빼놓지 않았다.

철학 수업시간이었다. 의자를 원 모양으로 배열해 놓고 앉아 학교 선배를 만난 소감에 관해 얘기를 나누었다. 마침 ‘너 자신을 알라’라는 말로 유명한 소크라테스의 ‘무지에 대한 자각’을 설명하는 시간이었다. 학생들은 돌아가며 소감을 말했다.

“시야가 좁은 저희의 진로 지도에 큰 도움이 되었습니다.”

“정말 멋있었어요. 선배처럼 나도 할 수 있다는 생각을 했고, 앞으로 공부를 열심히 해야겠다고 결심했어요.”

“리더십과 호소력이 뛰어난 선배를 보고 놀랐습니다. 정말 자랑스럽습니다.”

“남이 갈 수 없는 길을 간다는 것이 멋있어 보였고요. 내가 가고 싶은 길은 그 길이 아니지만, 멍청하게 살아가는 나에게 삶의 의욕을 갖게 해주었습니다.”

“큰물에서 논다는 선배의 말을 듣고 저도 그 학교 땡겨요,

가보고 싶습니다."

모두들 한 마디씩 거들었다. 나도 한마디 했다.

"자각하고 도전하는 사람만이 세상에서 존경을 받게 됩니다. 그 졸업생은 모든 일에 긍정적이고 도전적이었어요. 앞으로 해군장교가 아닌 해병대 장교로 지원하고 싶다고 합니다. 그런 태도가 그 학생의 도전정신 덕분이라고 생각합니다."

또, 선배의 특강을 마련한 것은 여러분 스스로 생각할 수 있는 기회를 갖게 해주고 싶다는 뜻이 담겨 있다는 것도 전했다. 학생들이 잠에서 깨어나듯이 내게 질문했다.

"왜, 교장 신부님은 신부가 되었나요?"

어느새 수업이 끝날 시각이었다.

2부

그럼, 실컷 놀게나

아무것도 없어요

학교가 처음 문을 열었을 때 '학교생활에 잘 적응하자'를 목표로 정했다. 그 당시에는 학생들을 제대로 교육한다는 것이 무리였다. 마음이 아플 정도로 많은 학생들이 적응하기 힘들어했기 때문이다. 공동체는 식중독을 일으키거나 장티푸스 열병에 걸려 앓아누운 것 같은 일상의 연속이었고, 학교 기능은 마비가 되어버렸다. 개교 후 5년 동안은 그런 분위기가 끊임없이 이어졌다.

공동체 구성원들이 미래의 목표를 갖고 있지 않다는 것은, 학교가 교육시설이 아니라 수용시설에 가깝다는 것이며, 학생들이 삶의 가치를 잃어버린 상태를 뜻한다. 학생들은 학교의 특성도 파악하지 않으려고 했고 마지못해 자리를 차지한 채, 고삐 풀린 망아지처럼 목적 없이 나대기만 했다. 그러니 얼마나 학교가 어려웠겠는가.

고등학생이라면 '나는 5년 후, 아니 10년 후 무엇이 되고 싶은가?' 같은, 희미하면 희미한 대로 목표를 갖고 있어야 하지 않겠는가.

그런데 많은 학생들이 목표 없이 하루하루를 반복했다. 그러다가 3년이란 세월을 훌쩍 보내고는, 막다른 곳에서 발등에 불이 붙을 줄도 모르고 졸업하는 경우가 허다했다. 아이들에게 물어보곤 했다.

"자네 목표가 뭐지?"

"목표요?"

아이들은 질문이 이상하다는 듯이 퉁명스럽게 되묻곤 했다.

"목표가 뭐냐니? 미래를 위해 지금 무엇을 하고 있느냐 말이다."

"아무것도 없어요."

교사들이 학생들에게 현실요법Reality Therapy 이론대로 적용해 보려고 수없이 시도를 했건만 결과는 허사였다.

그러나 지금 학교를 찾아오는 학생에게 '자네, 목표가 뭐지?'라고 질문을 던지면 일사천리로 분명히 대답한다. 기분 좋은 일이 아닐 수 없다.

대안학교이므로 교사는 교육 목표를 달성하기 위해 더욱더 노력해야 하고, 학생은 미래의 목표지점에 도달하기 위해 최선을 다해야 한다. 가슴 속에 꿈을 지닌 학생들이 학교가 역할과 책임을 다하고 있다는 것을 믿고 기쁜 마음으로 찾아오는 학교가 바로 대안학교인 것이다.

입학 때부터 3학년이 되어서까지 아무것도 하지 않으며 시간을 낭비하는 사람에게는 대안학교도 또 다른 낙오자를 만드는 장소가 될 뿐이다. 낙오자가 더 이상 생겨서는 안 되는 학교가 대안학교인데 말이다. 그래서 우리는 간혹 교육목표에 미치지 못하는 학생은 낙제를 시켜 최후의 낙오를 막기도 한다. 우리 학교에서 실시하고 있는 유급제도가 바로 그것이다.

대안학교에서의 인성교육이란 무엇인가? 마음을 세워 미래의 목표지점에 훌륭히 접근하도록 끊임없이 돕는 교육이 인성교육이다. 대안학교는 말 그대로 대안을 세워 살아갈 수 있는 능력을 갖춘 학생들의 학교이다.

정신이 건강하지 못해 자신을 제대로 세울 수 없다면, 대안학교를 선택한 것 또한 잘못된 선택이 될 수밖에 없다. 반복해서 얘기한다. 3년 동안 아무 생각 없이 지낸 학생에게 학교 교육이란, 의미가 없는 것이다. 그러므로 교육의 성과도 기대할 수가 없다.

수용의 개념이었던 대안학교가 이제 개인의 성장과 성숙을 가져다주는 희망의 교육으로 거듭나고 있다. 올 9월, 새로운 신입생들이 우리 학교에 입학하려고 준비하고 있다. 벌써부터 치열한 경쟁이 예상된다. 학생이나 학부모들이 우리 학교가 지향하는 분명한 목표가 무엇인지 잘 이해하고, 자신의 목표를 설정하여 대안학교 '양업'을 선택하길 간절히 바란다.

어느 아버지의 사랑

양업학교에 온 수도자 선생님들과 나는 새벽 5시가 되면 눈을 뜨고 하루를 연다. 그리고 아침 기도와 미사를 봉헌한다. 일과 중에서 가장 중요한 시간이다. 그날의 큰 그림을 그리며 하루를 주님께 맡기는 시간이기 때문이다.

어느 날인가 성당에서 아침 기도를 하고 있는데, 여학생 기숙사 뒤편으로 그림자가 어른거렸다. 학부형이 찾아온 것이라고 짐작했다. 예상대로 한 여학생이 기숙사에서 나와 모퉁이 뒤로 사라졌고, 잠시 뒤 두 사람이 만나는 모습이 보였다.

공직에 있는 아버지가 출근하기 전에 새벽을 가르고 먼 거리를 달려와 잠깐 딸을 만나고 가는 모습은 그 후로도 자주 눈에 띄었다. 그 장면을 목격하면서도 학생의 아버지가 쑥스러워할까 봐 짐짓 모른 척 할 수밖에 없었다.

잠깐 들른 아버지는 변하지 않고 있는 딸아이가 걱정되는지 늘 딸을 붙잡고 울다 가곤 했다. 똑똑하고 양순하고 붙임성 있는 아이이니, 교직에 있는 아버지가 딸에게 거는 기대가 얼마나 컸겠는가. 그러나 가정과 부모를 거부하는 모습을 보며 아이에게 깊은 상처가 있다는 것을 짐작할 수 있었다.

그 여학생이 친구들과 어울려 가끔 쏟아내는 거친 욕지거리를 들을 때면, 고개가 절로 돌려졌다. 그런 딸을 위해 아버지는 매일 아침 변함없이 딸아이를 찾아와 부둥켜안고 울며 부모와 세상에 대한 신뢰를 되찾도록 정성을 쏟았다.

그 아버지의 새벽 방문을 지켜보며 자녀에 대한 아버지의 따뜻한 사랑을 느낄 수 있었다. 비록 억압과 비난으로 상처를 입힌 아버지이기는 하지만, 딸을 자상하게 어루만져주고 돌아서는 그의 뒷모습을 지켜보며, 머지않아 그 여학생이 새로운 모습으로 반듯하게 서게 되리라는 희망을 품어본다. 아버지의 사랑이 결국 딸을 일으켜 세울 것이라고 믿기 때문이다.

저 사람, 몰라요

표정이 굳어 있고 어두워 보이는 거친 남학생이 있었다. 늘 남의 눈치를 살피는 것으로 보아 눈칫밥을 먹고 자란 게 아닐까 싶었다. 보스 기질이 있는 것도 아닌데, 어떤 욕구가 일어나면 수단과 방법을 동원해 원하는 것을 이루어야 직성이 풀리는 아이였다.

기물에 손을 대 못 쓰게 만들기도 하고, 성질이 나면 보라는 듯이 자해를 하곤 했다. 사랑을 받지 못해서인지 관심을 받으려는 욕구가 커서 남에게 피해를 주는 일이 잦았다. 심한 인격장애에 시달리고 있는 것 같았다.

처음 우리 학교에 올 때는 후덕해 보이는 할아버지와 같이 왔다. 입학 후 몇 달이 지난 후, 부모에 대해 묻자 다섯 살 때 아버지와 어머니가 헤어졌으며 두 분 다 안 계신다고 했다.

혼자 된 아버지는 알코올 중독인데다 아들에게 폭력을 휘두르곤 해서, 보다 못한 조부모가 손자를 고아원에 보낸 적도 있다고 했다. 당신들이 손자를 거두고 싶었지만, 형편이 여의치 않았던 모양이다.

중학교를 졸업하고 이곳저곳을 전전하다가 우리 학교로 온 아이는 아버지의 존재를 지워버린 것 같았다. 그 아이가 늘 자리를 잡지 못하고 서성이는 속을 누가 알겠는가. 차분히 앉아 지난날 자신의 속 이야기를 들려주는 것도 아니어서 아이의 마음을 제대로 이해하기 어려웠다.

학교보다는 정신적인 치료를 받아야 할 것 같아서 병원으로 보냈다. 그런데 보낸 지 한 달도 안 되어 그 공동체에서도 쫓겨나 학교로 돌아왔다. 그는 학교에서 지내고 싶어 했다. 그러나 친구들과 선생님들이 사랑과 관심으로 보듬어 주었는데도 밖으로 나가 학교에 돌아오지 않았다.

학생들은 가난한 집안, 결손 가정 아이라고 학교에서 쫓아버린 게 아니냐며 항의했지만, 심한 심리적 불안에서 오는 인격 장애가 그 아이를 어디에도 머물지 못하게 했던 것이다.

어느 날 한 정신병동에서 편지 한 장이 날아왔다. 이미 돌아가신 줄로만 알았던 그 아이의 아버지가 임종했다는 소식이었다. 아이를 수소문해 함께 영안실로 달려갔다.

썰렁한 분위기가 고인의 지난날을 이야기해 주는 듯했다. 깡소주를 따르며 거나하게 취한 고인의 친구들이 우리를 맞이했다. 상주가 나타난 것을 본 아버지 친구들이 아이에게 소리쳤다.

"야, 이놈아. 상주가 이제야 오냐? 술 따르고 절해라." 물끄러미 아버지의 시신을 향해 서 있던 아이가 갑자기 청천벽력 같은 소리를 외쳤다.

"나, 저 사람 몰라요!"

그 외마디 소리에 놀라 나도 순간 분노가 치밀어 올랐다. 어떻게 저럴 수 있을까 하는 생각에 솟구치는 감정을 억누르기 힘들었다. 울고 있던 아이는 흐르는 눈물을 훔치면서 이렇게 말했다.

"제가 왜 이러는지 모르실 겁니다. 아버지는 엄마를 제가 다섯 살 때 내쫓았어요. 저는 열 살이 되던 해부터 고아원에서 자랐어요. 제게는 아버지가 없습니다."

그의 말이 어떤 때보다 단호했기에 상주인 그 아이를 대신해 내가 문상을 드렸다. 마음이 무거웠다. 그날은 선생님들 모두가 우울하고 아픈 마음으로 보내야 했다.

그는 조부모 품으로 돌아가 그분들의 은혜에 보답이라도 하듯이 암 투병 중인 할머니의 병상을 지키기도 했다. 그 후, 다시 학교로 돌아와 "신부님, 제가 나쁜 길로 들어서지 않도록 꼭 붙들어 주세요." 하며 마음을 다잡아 보려고 노력했다.

그러나 아이는 끝내 학교생활을 하지 못했다. 방랑자처럼 돌아다니다가 끝내 정신병원에 입원했다는 얘기를 전해 들었다. 그 후로도 몇 번 학교로 다시 돌아왔지만, 그 아이를 학교에 붙들어 놓지는 못했다.

가끔 정신 병동에서 동료들에게 위안을 원하는 편지가 오곤 한다. 이 아이가 문제아인가? 오직 문제 어른만 있을 뿐이라는 사실이 마음을 아프게 한다.

코드가 맞아야

어떤 학생들은 자기 과시를 위해 금방 탄로가 날 법한 일인데도 거짓말을 한다. 이런 거짓말은 어린 시절부터 잘못 익혀진 습관 때문이라는 생각이 든다. 거짓말이 일시적으로 먹혀드니 계속 그 버릇을 못 고치는 것이다.

한 예로 전입생이 기존 학생들에게 인정받기 위해 자신의 과거 경력을 부풀려서 말했다고 하자. 이는 처음부터 상대방과 기 싸움을 하려고 드는 것이다.

기존 학생들이 그 말을 듣고 '정말? 내 친구가 거기 사니까 어디 확인해 보자!'며 진위를 확인하려 든다. 그러자 전입생은 학교를 탈출해버린다. 거짓말이 들통 나는 게 싫고, 친구들에게 신뢰가 깨지는 것이 두려워 도망간 것이다.

그리고 집에 도착해서는 남의 잘못으로 자기가 집으로 쫓겨온 것처럼 부모에게 얘기한다. 그 학생은 양쪽 모두에게 거짓말을 한 것인데, 부모는 자녀의 말을 확인해 보지도 않고 자식 편을 들며 남에게 비난을 쏟아 붓는다.

'침묵은 금이다'라는 격언 속에는, 어떤 일을 처리할 때 관망하거나 지켜보는 것이 지혜로울 수 있다는 뜻이 담겨져 있다. 위와 같은 경우 자녀가 하는 말이 옳은지 냉정히 따져보고 나서 어른들이 나서도 결코 늦지 않을 것이다.

그런데 자녀의 말을 곧이곧대로 믿고 상대를 격렬히 비난한 후, 뒤늦게 자녀가 전적으로 잘못했다는 걸 알게 되어 부모마저 난처해질 때가 있다.

청소년들은 자랑할 것이 힘 밖에는 없다. 그리고 잘난 티를 내려면, 지난번 학교에서 한가락 했다고 뻥튀기하여 폼을 잡아야만 한다. 그런데 그렇게 하다 보니 듣고 있던 상대도 기싸움에서 질 수 없어 맞서게 되는 것이다.

누구든지 공동체에서 적응하고 살려면 진실로 동료들에게 접근하며 코드를 맞추어야 한다. 처음 동료를 만났을 때 코드를 잘못 맞추면, 자신은 물론 부모님까지도 잔뜩 꼬이게 된다. 그리고 거짓으로 비롯된 엉킨 실타래를 풀지 못하면 왕따가 되기 쉽다. 나중에 정신을 가다듬고 코드를 제대로 맞추려고 해도 여간 힘겨운 것이 아니다.

학생이 새로운 장소에 적응하려면 과거에 어땠는지는 문제가 되지 않는다. '지금 내가 살고 있는 곳에 제대로 코드를 맞추려면 어떻게 해야 하나?'가 중요하다. 그리고 부모는 새로운 곳에 자녀가 잘 적응하고 있는지 자세히 살펴봐야 한다. 학생들은 판단력이 흐려 거짓을 말할 수 있다. 그럴수록 어른들이 문제를 정확히 판단하고 슬기롭게 대처해야 한다.

거짓말한 것이 두려워 학교를 탈출한 학생은 자신의 잘못을 솔직히 인정해야 한다. 그런 노력 없이는 새로운 장소에 적응하기 어렵다. 가장 중요한 것은 언제나 자신을 정확하고 진실하게 표현하는 것이다. 그리고 기존의 코드에 자신을 맞추려고 최선을 다할 때, 자신도 부모도 제대로 설 수 있다.

틀 속에 가두어 달라는 부모

출세한 사람들은 대부분 바른 길만 걸어온 사람들이다. 주변을 살필 겨를도 없이 오로지 공부만 하며 살아왔다. 그들은 규격에 맞는 틀에 갇혀 지내면서도 행복해 했고, 그래서 칭찬을 받고 살아왔다. 그런데 바른길만 고집하다 보니 융통성이 없다. 틀에서 잠시 벗어나기라도 하면 큰일이 난 것처럼 군다. 그렇게 살아온 덕분에 출세도 할 수 있었던 것이다.

그렇다 보니 타인에게도 자기처럼 살아갈 것을 요구한다. '해라', '하지마라' 식의 교화敎化 방식으로 말이다. 그런 부모 슬하에서 자란 자녀들이 의외로 길 밖에서 서성거리고 있다.

대안학교에 자녀를 보내놓고 부모들은 걱정이 태산 같다. 부모들은 여전히 자녀들을 강력하게 통제해 정도를 지킬 것을 요구한다. 그러나 학생들에게 규칙을 지키라고 명령할 것이 아니라, 그 규칙을 지켜야 할 당위성을 반드시 먼저 설명해주어야 한다.

규칙을 자녀들에게 강요하는 부모들은 윤리성이 부족한 경우가 많다. 그것은 자신이 어른이 될 때까지 자발성을 키우지 못한 채 강제로 교화되었기 때문이다. 그들은 외부 통제가 두려워서 사람들 앞에서는 잘하는 척 한다. 하지만 남이 보지 않는 곳에서는 고삐 풀린 망아지가 되고 만다. 진정한 교육을 받지 못한 탓이다.

우리 학교는 학생들에게 원칙을 분명히 제시하지만, 강제, 비난, 또는 간섭은 하지 않는다. 언제나 그들을 존중하고 그들이 받아들일 때까지 기다려준다. 그러나 부모님들은 이러한 학교의 교육철학이 유토피아적이라며 걱정이다.

우리가 하려는 것이 정말 현실성이 없는 것일까? 그도 그럴 것이다. 그들 자신이 자유롭지 못한 틀 속에서 바른길만을 강요받아 왔으므로, 교육의 본질에 입각한 우리의 교육철학이 현실성 없어 보이는 것은 당연한 것인지도 모르겠다.

우리 학교는 학생들이 견디기 힘든 상황마저도 다 직면하게 한다. 그렇게 함으로써 규칙이 공동체 생활에서 얼마나 소중한가를 체험케 한다. 그리고 그 와중에 생겨나는 불편함은 갑론을박을 통해 학생들이 스스로 조율하게 한다.

우리 학교는 일반학교와 구분되는 대안학교이다. 부모들이 자녀를 대안학교에 보내놓고 일반학교처럼 교화 방식의 잣대를 강요한다면, 이것은 학교의 교육철학을 잘못 이해하고 있는 것이다.

우리 학교는 규칙을 중히 여기나 그 규칙을 강요하지 않는다. 학교는 매주 전체회의와 교사회의를 통해 학생들에게 맞도록 규칙을 조율해 나간다. 언제나 제일 중요하게 다뤄지는 것은 '원칙'이다.

우리 공동체는 자유롭고 행복해지기 위해 원칙을 존중한다. 교사는 학생들에게 원칙이 있음을 알게 하고, 학생들이 그 원칙 안에서 자유롭도록 도와준다. 부모들이 우려하는 만큼 결코 학교가 아이들을 방목하지는 않는다.

우리 학교는 '무단결석이 없는 학교, 폭력이 없는 학교를 지향하며 학업성취도가 향상되는 학교'를 목표로 삼고 있다. 그리고 그 과정에 외부의 통제 없이 학생들과 교사가 자발적인 힘으로 목표를 이루어 간다.

부모들이 대안학교에 자녀들을 맡기려면 적어도 대안학교의 철학을 존중하여야 한다. 그리고 학생이 교육의 본질에 접근할 수 있게, 학생 스스로 변화하는 것을 기다려 주어야 한다. 부모가 학교의 교육철학이 이상일 뿐 현실성이 없다며 강력하게 통제해 줄 것을 요구 한다면, 그 부모는 자녀를 위해 일반학교를 택해야 할 것이다.

박스 속에 갇혀 있던 아이들

“초등학교 시절 내내 아이를 제가 만들어 놓은 박스에 넣어 두려고 한 것 같습니다. 아이가 어린 시절 방바닥에 장난감을 어지럽게 늘어놓으면, 저는 화를 내며 정리정돈을 가르치기 위해 장난감을 담을 서랍장을 마련했습니다. 이곳에는 이것을 넣고, 저곳에는 저 것을 넣어야 한다고 잔소리를 했지요.

그때 아이는 제 말을 잘 들었습니다. 그런 아이가 지금은 돌변했습니다. 어린 시절엔 제 요구를 거절하면 꾸지람을 듣고 매를 맞으니까 무서워서 말을 잘 들었던 것 같습니다.

아이가 중학교로 진학하고, 제 키를 훌쩍 넘을 만큼 자라면서 말을 듣지 않기 시작했습니다. 그때부터 내 요구는 번번이 거절당했고, 엄마를 무시하고 마냥 어깃장을 부리면서 제멋대로 행동하기 시작했어요. 그 착하고 말 잘 듣던 아이가 이렇게 변할 수 있다니 믿어지지 않았습니다. 부모 피를 말리며 점점 부모를 떠나고 있어요.”

엄마가 서글프게 그동안의 사건을 풀어놓는다. 아빠가 말을 이었다.

"아이 문제로 제 아내가 코너에 밀리고 피곤해 하는 모습을 보니 손을 써서라도 버릇을 고쳐 놓아야겠다는 생각이 들었습니다. 어느 날 속 썩이는 아들을 보자 내 안에 분노가 치밀었고 웃통을 벗고 아이에게 달려들어 아이를 때리면서 그놈과 육박전을 벌이려고 했습니다.

아이는 의외의 아빠 태도에 놀라는 듯했지만, 엄마에게 대들듯이 나에게 대들지는 않았습니다. 아무 반응도 없이 맞고만 있는 아들을 보니 내가 멋쩍어지더군요. 차라리 엄마에게 대들듯이 반항이라도 했으면 결판을 내려고 했는데……. 나 자신이 갑자기 초라하게 느껴졌습니다.

그런 일이 있은 후부터 아이는 부모를 믿지 않았으며 집이 아닌 세상 밖에서 머물며 친구들과 어울렸습니다.

면접을 보고 학교가 내 자식을 도저히 뽑아주지 않을 거라고 판단을 내렸을 때 조차도 저는 이 학교에 대한 희망의 끈을 놓지 않았습니다. 그 덕분에 아들은 이 학교에 올 수 있었고, 강압적인 틀에서 벗어나자 아름다운 모습으로 점차 변하게 되었습니다.

제 아이는 참 착한 아이였지요. 다만 우리 요구가 아들을 질리게 만들었고 분노 섞인 폭력이 아이를 집에서 밖으로 내몬 것 같습니다."

그 학생은 수업시간에 종종 튀는 행동을 하곤 했다. 하지만 학교는 별말 하지 않고 그대로 인정하고 바라보았다. 그 학생은 학년이 올라가면서 점점 주도적인 모습으로 발전해가고 있으며, 그 모습이 무척 사랑스럽다.

내 양들을 돌보아라

가족 구성원은 모두 건강해야 한다. 만일 누구 하나라도 건강하지 못하다면 언젠가는 가정에 큰 구멍이 생기게 될 것이다. 구성원 모두의 생각과 말과 행동이 하나 같이 건강해야 한다.

생각은 말을 꺼내게 되고, 말은 사람을 움직이게 한다. 보잘 것 없다고 여기는 작은 생각이 말이나 행동으로 바뀌면, 무게가 실리고 가속도가 붙는다. 좋은 방향으로 무게가 실리고 속도가 붙으면 좋은데, 그렇지 않다면 걱정을 하지 않을 수가 없다.

사람들은 어느 사이에 '안전 불감증'에 걸렸다. 그래서 위험하게 과속을 해서라도 목표점에 빨리 도달하고 싶어 한다. 욕심 때문에 유혹에 걸려들어 자신도 모르는 사이 액셀 페달을 밟는 것이다. '아차!' 하는 순간, 정신을 차려보면 이미 돌이킬 수 없는 지경에 처해 후회를 하게 된다.

요즘 논밭은 수리안전답水利安田畓으로 잘 정지整地되어 있지만, 옛날에는 하늘만 바라보고 있어야 하는 천수답天水畓이 많았다. 정지가 되지 않은 논밭은 논두렁을 만들어 물을 보관하기도 하고, 물이 넘치지 않게 수위를 조절하기도 했다. 그러기에 농부들은 장마철에 논두렁 관리가 무엇보다 중요했다.

구름이 밀려오면 농부들은 삽을 들고 논밭을 서성이곤 했다. 혹시라도 논두렁에 물이 새는 구멍이 있기라도 하면 얼른 막아 피해를 줄이기 위해서였다. 논두렁의 작은 구멍은 호미로도 충분히 막을 수 있지만, 가끔 한 눈을 파는 사이 실구멍이 큰 구멍이 되어 버리면 가래로도 막을 수 없게 되어 농작물을 망치게 된다.

한 학생이 정도正道를 걷다가 대박을 터트릴 수 있을 거라는 짧은 생각을 느닷없이 하게 되었다. 그리고 자기 방식대로 부모를 설득해 잘못된 곳으로 속도를 내어 달리려고 한다.

"아무리 자네 생각이 옳다고 우겨도 나는 자네 결정을 허락할 수 없네. 만일 자네가 지금의 생각을 멈추지 않는다면, 머지않아 크게 후회하게 될 걸세." 충고의 말을 하지 않을 수 없다.

그럴 경우 대부분의 학생들이 자기 생각으로 가득 차 충고를 받아들이지 않는다. 학생의 짧은 생각이 부모를 당당히 제친다. 그리고 학생은 한동안 신나게 제멋대로 행동한다. 잘못된 행동에 속도가 붙게 되자 곧 무슨 일이 벌어질 듯 불안하다.

과연 학생은 언제쯤 그 행동을 멈출 것인가? 마냥 걱정이 된다. 실 구멍 같은 잘못된 생각은 호미로 단번에 멈춰 서게 할 수도 있다. 그러나 작은 실 구멍이 큰 구멍이 되어 가래로도 막지 못하게 될까 봐 걱정이다.

가족 구성원은 모두 하나 같이 행복해야 한다. 가족 중 그 누구 하나에게 실구멍이 뚫리기라도 한다면, 가족의 건강을 위해 재빨리 손을 써야 할 것이다. 가족 구성원 모두 건강하게 살아가길 바라는 마음뿐이다.

자기 존중과 자기 사랑

금년에도 전국에서 많은 지원자들이 학교로 찾아왔다. 정원 미달로 고민하는 학교가 많은데, 정원의 5배수에 가까운 지원자 속에서 가르칠 학생을 뽑는 것은 큰 축복이며 은혜가 아닐 수 없다.

그러나 이러한 즐거움 속에 고민도 있다. 입학정원이 적기 때문에 학생들을 많이 탈락시켜야 하니, 마음이 무거울 수밖에 없다.

공정한 선발을 위해 교사들이 머리를 맞대었다. 그 결과, 입학서류와 MMPI성격다면화 검사자료를 토대로 서류전형을 거쳐 2배수를 뽑은 후, 4차 면접을 통하여 최종합격자를 발표하기로 했다.

서류전형 중에는 학생이 직접 작성한 '자기소개서'가 관심을 끈다. 그리고 충실하게 작성된 것과 성의 없이 작성된 것 두 부류를 만나게 된다.

성의가 부족한 서류를 보면, 부모가 자녀교육에 대한 관심이 부족하고 학생도 학교에 대한 아무런 정보 없이 지원했다는 것을 알 수 있다. 학생이 인문고에 갈 실력은 안 되고, 실업고에 가기는 싫으니 어쩔 수 없이 대안학교를 대피소 정도로 여겨 지원했다는 것을 얼핏 엿보게 된다.

그 반면에 아주 진지하게 작성된 서류도 있다. 학생의 성장 배경이며 왜 이 학교에 오게 되었는지 꼼꼼히 써놓은 것은 물론, 부모의 교육관도 뚜렷해 소개서를 읽는 사람들이 절로 흥미를 갖게 한다.

그렇다면 왜 일부 학생들이 성의 없는 자기소개서를 썼을까? 그 학생의 마음속에 자기소개서를 쓰고 싶은 자기 존중감과 자기 사랑이 부족하기 때문일 것이다. 어쩌면 강성 부모 때문에 자신감을 잃고 지냈을지도 모른다.

'너는 그것도 못하니?'

'죽었다 깨어나도 너는 안돼!'

'너는 하는 것마다 그 모양이니 재수가 없지!'

'너 같은 걸 낳고 미역국을 먹었다니, 한심하다 한심해!'

부모의 조급함에서 비롯된 이러한 비난이 자녀에게서 자신감을 빼앗았을 것이다. 이런 학생들을 선발하면 대안학교를 대피소 정도로 여기며 아주 목적 없이 지내다가 3년 동안 내내 지지부진할 것이다.

당당하게 자기소개서를 작성한 학생을 보면 그 부모가 보인다. 그 부모는 매사에 긍정적일 것이다. 그 부모는 답답해하는 자녀를 격려하기 위해 이런 말을 자주 들려준다.

'너는 할 수 있어!'

'네가 당당히 해결하도록 해!'

'네가 잘 극복할 수 있을 거야!'

일상생활에서 보여준 부모의 관심과 사랑은 자녀들 마음 안에서 자기 사랑으로 자라난다. 그런 학생들이 작성한 몇 페이지 분량의 자기소개서를 볼 때면 몇 번이고 읽고 싶고, 어서 만나보고 싶다.

세배

어느새 나도 나이가 제법 들었나 보다. 예전에는 학생들이 세배하러 온다고 하면 꽤나 쑥스러웠는데, 이제는 하나도 어색하지 않으니 말이다.

이번 설 명절에는 세뱃돈이 제법 많이 나갔다. 많은 학생이 설 명절 오후에 학교에 찾아와 세배를 했기 때문이다. 그 중에서 학부형인 아버지가 아들을 데리고 찾아온 일이 가장 기억에 남는다.

부자父子가 함께 찾아와 나에게 아주 정성스럽게 세배를 했다. 아버지가 아들에게 고마움에 대한 예禮를 가르치는 모습이 참 보기 좋았고 존경스러워 보였다. 아버지는 아들이 의젓한 자세로 세배하는 모습을 보며, 아들이 인간 변화의 새로운 단추를 끼는 듯한 신선한 느낌이 들었다고 한다.

그 아들이 중학생이었던 시절, 공부는 하지 않고 PC방을 전전하자, 속이 상한 아버지가 그럴 때마다 주먹을 날렸다고 했다. 그러자 아이는 점점 더 어깃장을 놓기 시작했고, 반항심으로 삐뚤어져 갔다고 한다.

그러다가 아들이 우리 학교에 오게 되었다. 아버지는 우리 학교에서 ME주말을 체험했고, 부모역할훈련이며, 애니어그램, MBTI 과정을 거치면서 자식의 문제를 자기 문제로 보기 시작했다.

아버지는 아들을 입학시킨 후 아들을 대신해 희생을 치렀다. 아들이 잘못을 저지르면 아버지가 학교 화장실 청소를 했고, 사회봉사 명령이 있을 때는 직장도 마다하고 아들과 함께 궂은일을 했다.

아버지의 변화된 모습을 지켜보는 아들은 한동안 여전히 시큰둥한 태도를 보였다. 하지만 그렇게 2년이 흐르자 아들은 서서히 변화되기 시작했다. 그리고 3학년이 되는 지금, 아버지와 아들이 함께 손잡고 아주 밝은 모습으로 세배하러 찾아온 것이다.

"신부님, 이제 멋지게 살려고 합니다. 제가 즐겨 해왔던 행동이 저에게 기쁨을 가져다주지 못한다는 것을 이 학교에서 알게 되었습니다." 아들은 말을 덧붙였다.

설 명절에 왕복 6시간이라는 귀한 시간을 내어 부자가 함께 세배를 하러 찾아오고, 거기다가 대견한 말까지 하니 기분이 아주 좋았다. 그래서 특별히 세뱃돈을 인상해 주었다.

그 아버지와 아들의 변화 속에는 아주 단순하고도 중요한 진리가 들어 있었다. 바로 아버지의 사랑이다.

면 훗날 이 아들이 결혼하여 자녀를 두게 되면, 또 다른 좋은 아버지가 될 것이다. 그리고 자신의 아버지가 자신에게 그렇게 해주었듯이 자녀를 사랑으로 돌보며 어른에 대한 고마움을 자연스레 가르치게 될 것이다. 그 모습을 상상만 해도 흐뭇하다.

폭격 맞은 인성

"공부해라! 그래야 먹고 산다."

쉽게 듣는 말이다. 부모는 자녀가 공부를 좀 한다고 생각되면 자녀의 의사와는 상관없이 자녀의 직업을 한의사, 의사, 공무원으로 고정시켜 버리고, 이러한 부모의 요구에 자식은 하는 수 없이 꼭두각시 인생을 살게 된다.

그래도 그것은 좀 나은 편이다. 더 큰 문제는 공부에 싫증난 자녀들이다. 공부에 관심 없는 자녀의 부모들도 앞서 이야기한 부모와 별반 차이가 없다. 오히려 더 강력하게 모진 소리를 해서 자녀에게 상처를 입힌다.

하루 이틀이 아닌 부모의 요구는 자녀의 마음속에 부정적인 것으로 각인되어 버린다. 그리고 아이는 어느 사이에 폭격 맞은 인성을 갖게 된다. 여기서 학생들은 양분되기 시작한다. 공부에 희열을 느끼는 학생들은 전문성과 창의성을 드높이는 긍정적인 인성을 갖게 되는 반면, 반대로 공부가 미진해 하위 성적에서 서성이는 학생들은 열등감과 부정적인 생각들로 가득

차 결코 치유되기 힘든 인성을 갖게 된다.

부모는 자녀에게 윽박지르거나 자신의 의사를 강요해서는 안 된다. 부모는 자녀가 청소년 시기에 여유를 갖고 자신의 미래를 열어 가도록 만들어줘야 한다. 그러기 위해서는 생각할 시간을 충분히 주고, 자녀 스스로 살아가도록 도와주어야 한다.

교실에 하루 종일 갇혀 일방적으로 해야 하는 공부에 전혀 관심이 없는 학생들, 그들은 결코 머리가 나쁘지 않다. 부모의 강요 때문에 자신이 원하는 미래를 열 수 없다는 것을 알게 되어 충격을 받았을 뿐이다. 아무 희망 없이 지내는 자녀에게 강요를 계속한다면, 그것은 그들을 더욱 비참하게 만들 것이다.

'나는 누구인가, 무엇을 하는 사람인가?'란 질문에 답을 하지 않는 자녀일지라도 부모가 생각할 여유를 주고 답을 찾도록 도와준다면, 미래가 희망으로 변할 것이다. 그리고 그것이 인성교육이다.

폭격 맞은 인성! 그것은 어른들이 다급하게 몰아붙인 탓이 아닐까? 부모는 자녀가 열심히 살아야겠다는 의욕을 가질 수 있도록 해주어야 하며 성취 후에 희열을 느끼고 그리고 긍정적인 발전을 위해 더욱더 적극적인 호기심을 가질 수 있도록 지도해야 한다.

미래를 계획하고 꿈을 꾸는 것은 남이 찾아주는 것이 아니라 자녀 스스로 찾아야 하는 것이다. 그리고 부모는 이 과정을 밟는 자녀들을 도와주어야 하는 의무가 있다. 부모의 욕심을 강요하지 말자. 자녀 스스로 기쁨을 만들어가며 자신의 무한한 가능성을 발휘하도록 이끌어야 하는 것이다.

모든 청소년들이 여유를 갖고 많은 것을 생각할 수 있도록, 무한한 가능성을 발견하며 미래를 힘차게 살아갈 수 있도록 어른들이 잘 도와주었으면 하는 마음 간절하다.

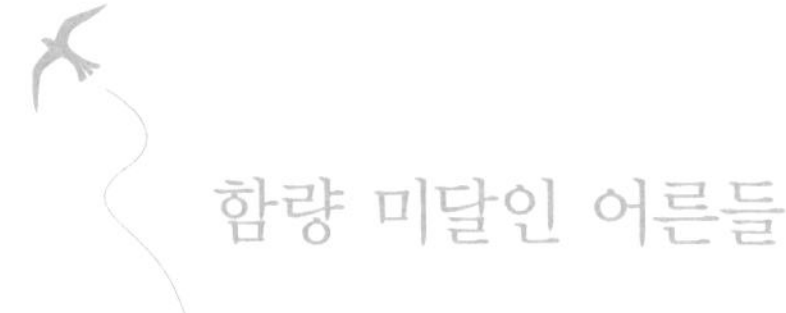

함량 미달인 어른들

차창 밖으로 휴지를 날려 보내고, 정차 중에 껌을 튕긴다. 옆 차량의 주인이 시퍼렇게 두 눈을 뜨고 쳐다보고 있는데도 침을 날려 불쾌감을 준다. 청소년들이라면 미성숙하기 때문이라며 이해하겠다.

그런데 인성 함량이 미달인 무지한 어른들이 이런 행동을 하는 것을 볼 때면 그대로 지나칠 수가 없어서, 클랙슨을 빵빵 울리며 '당신 차 값 좀 해라'는 무언의 항의를 한다.

그러면 일말의 양심은 있었는지 자신의 무지했던 행동을 확인하고 화들짝 놀란 표정을 지으며 사라진다. 이런 사람은 경차를 운전하는 겸손한 운전자들이 아니다. 오히려 윤기 나는 사람들의 고급 승용차에서 종종 이런 모습을 본다.

왜 어른들이 이 지경까지 된 것일까? 이는 나이를 먹는 동안 인성이 제대로 형성되지 않았기 때문이다. 요즘 '이 사회에 성인은 많으나 어른이 없다'는 말들을 한다. 이는 어린 시절부터 인성교육 없이 지식만 열심히 외워온 탓에 어른이 되어서도 아무 생각 없이 행동하는 철없는 사람이 많기 때문일 것이다.

아니면 어찌어찌 살다 보니 돈은 좀 벌게 되었는데, 수단인 돈을 목적으로 여기고 거기서 나오는 힘만 믿고 제멋대로 행동하는 사람이 많아진 탓일 수도 있겠다.

'실력자'라고 하면 전문성, 창의성, 인성의 세 가지 요소가 고루 갖춰진 인격자를 말한다. 그중에서도 전문성과 창의성은 이차적인 것이다. 인성이 제대로 형성되어 있어야 전문성과 창의성을 갖게 된다는 뜻이다. 그러므로 세 요소 중에 제일 중요한 것은 '인성'인 셈이다.

인성은 그 사람의 인간 됨됨이를 말해 준다. 튼튼하게 형성된 인성의 토양 위에 전문성을 갖추고 창의성을 마음껏 발휘할 때 진정한 실력자라고 할 수 있다. 그런데 어려서부터 마구잡이로 먹어대던 교과서 지식으로 인간을 구분해, '저놈, 공부 잘 하네!' 하고 칭찬을 몇 마디 듣게 되면, 아무 생각 없이 공부만 후벼 파다가 인성 형성을 놓쳐버리는 경우가 많다.

그래서 직장에서의 자리는 상좌인데 인성은 다 허물어진 성인들을 자주 보게 된다. 차라리 미성숙한 학생이라면 우리 학교에서 다시 교육시켜 보겠는데 다 자란 성인들이라 그럴 수도 없고, 불쌍하다 못해 안타깝다.

인성교육은 인간의 기본이며 필수다. 인성교육을 통해 인간이 될 때만이 전문성도 돋보이고, 창의적인 것들이 진정으로 튀어나올 수 있을 것이다.

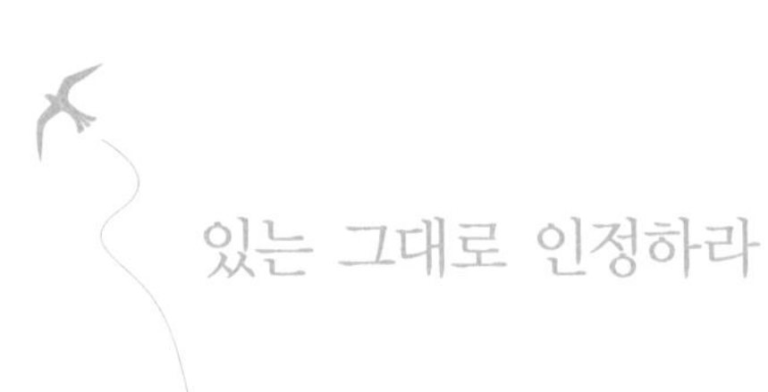

있는 그대로 인정하라

“몸무게가 제일 많이 나갈 때가 언제인가요?”

“예, 철들 때입니다.”

이런 썰렁한 개그는 때때로 우리에게 활력소가 된다.

부모가 자녀 덕분에 최고로 기분이 좋을 때는 언제일까? 자녀가 철들 때이다. 여기서 말하는 철은 청소년의 사고와 행동이 새롭고 긍정적으로 변화한다는 것을 뜻한다. 부모는 자녀의 사고와 행동이 높은 가치를 향해 변화를 하고 있다고 느껴질 때 기분이 좋아진다.

그 ‘철’은 자녀의 성장을 지켜보며 사랑해주고 기다려주면 자연스럽게 생성된다. 하지만 일부 부모는 자녀에게 급조된 철분을 강제로 먹이려고 한다. 그게 어디 고무줄 늘리듯이 먹인다고 생겨나는 것인가.

자녀들은 부모가 사랑하고 칭찬해줄 때 철이 든다. 또 부모가 어른으로서 모범을 보이지 못했을 때 ‘미안하다’고 사과한다면, 그 말 한마디에 철이 들기도 한다.

자녀가 어린 시절에는 부모의 과잉 간섭을 일정량 받아먹기도 하고 수용도 하지만, 사춘기에 접어들게 되면 반발하고 튕기게 된다. 이럴 때 부모는 당황한다. 부모는 자녀가 하고 싶은 것을 묵살해 버리다. 그리고 순종을 강요하면서 착한 자녀가 되길 바란다.

이 착한 아이는 마마보이가 되어 버린다. 마마보이는 매사를 스스로 결정하지 못하고 늘 부모에게 물어보며, 친구 사이에서는 왕따로 몰려 놀림감이 된다. 스스로 하는 선택과 결정은 거의 없고 사춘기를 지나며 남에게 이용당하기도 한다.

이를 보고 부모는 속상해 하며 태도를 바꾼다. '착한 아이'라고 칭찬을 하다가 갑자기 "좀 똑똑해져라!" 하며 다그치게 된 것이다. 이 마마보이는 이런 상황에 처하게 되면 '부모와 친구들 사이에서 어떻게 처신해야 하는지' 갈등하게 되고 가출을 시도하는 문제아로 추락하기도 한다.

자녀가 그렇게 된 것은 부모가 그렇게 만들었기 때문이다. 부모가 어린 시절부터 '너는 나를 닮아야 하고 내가 시키는 대로 해야 한다'는 식의 잘못된 교육으로 자녀를 어려움에 빠뜨린 것이다.

모든 이는 태어날 때부터 각자 고유한 성격을 창조주로부터 받는다. 아버지의 성격과 어머니의 성격이 서로 다르듯이 자녀들 또한 다른 성격을 지니고 태어난다. 부부가 성격이 같으면 서로 거부하며 폭발하기도 하고, 자녀의 성격이 다르면 부모 성격을 닮으라며 아우성치기도 한다. 서로의 고유한 성격을 인정해야 하는데 말이다. 만약 부모들이 자녀에게 성격을 맞추라고 소리치면 문제가 심각해진다.

부모는 자녀들이 '왜 저런 생각과 행동을 할까?' 하며 이해하려 들지 않고 강요하며 다그친다. 자녀들은 각자 자신이 하고 싶은 것이 있는데 부모는 자기 기대가 채워지기만을 바란다. 부모의 잔소리는 거세어지고 자녀는 짜증을 부린다. 급기야 자녀들은 부모를 떠나 자기 기대를 메워 줄 대상을 찾아 탈출을 시도하게 되고, 멀리 도망쳐 버린다. 그러면 어른들은 자녀들을 문제아, 비행청소년이라 단정하고 만다.

연장은 쓸 줄 아는 사람에게 제격이다. 연장이 다룰 줄 모르는 사람 손에 잡히게 되면 재수 없는 신세가 되고 만다. 부모가 자녀를 살맛나게 해주는 방법은, 자녀를 있는 그대로 인정해 주는 것이다.

자녀의 성격을 인정하고 자녀가 스스로 자신을 열어가도록 도와주는 것이 부모가 할 일이다. 부모가 철들어야 자식도 빠르게 철든다.

쌍둥이 남매

쌍둥이 남매가 있다. 둘 다 고1인데 오빠는 일반학교에 다니고, 동생은 양업고등학교에 다니고 있다. 나는 그들 가족 중에서 '양업'에 다니는 학생과 부모만 알고 있을 뿐이다. 큰 오빠는 대신학교 2학년이며, 자녀들 교육문제로 어머니와 형제들이 대전에 오게 되었고, 아버지는 직장 일로 서울에 남아 지내고 있는 갈매기 아빠라고 한다.

자녀들 교육 때문에 어쩔 수 없이 흩어져 지내는 가족들을 보면 마음이 아프다. 기러기 아빠들에게도 계급이 있다고 한다. 멀리 외국으로 아내와 자녀들을 모두 보내놓고 오백만 원 넘게 사교육비를 보내면서 아무 때나 보고 싶을 때 비행기로 날아갈 수 있는 능력 있는 아빠는 '독수리 아빠', 생활비와 사교육비를 어렵게 외국으로 보내면서, 가족이 보고 싶어도 비행기 탈 돈이 없어서 텅 빈 집에서 혼자 외로움을 달래는 아빠는 '펭귄 아빠', 자녀 교육 문제로 아내와 자식을 지방이나 서울에 남겨두고 직장일로 홀로 지내다가 주말에 만나는 아빠는

'갈매기 아빠'라고 부른단다.

쌍둥이를 둔 엄마는 그래도 우린 '갈매기 신세'라 다행이라고 했다. 주말이면 쌍둥이 남매는 물론이고 갈매기 아빠도 한 집으로 모여 든다. 이때가 가족에겐 가장 행복한 시간일 것이다. 가족들이 모이면 언제나 화제는 쌍둥이 남매에게 쏠린다. 학교 상황이 전혀 다른 두 남매는 서로 논쟁을 벌인다.

오빠가 동생에게 묻는다.

"너희 학교는 들로 산으로 쏘다니며 놀기만 하니, 언제 공부하고, 대학 가냐?"

아마 걱정스런 눈빛이 역력했을 것이다. 그러면 동생은 충고하듯이 받아친다고 한다.

"난 걱정 마. 원하는 대학 가면 되잖아. 오빠는 죽도록 공부만 하면서 언제 삶을 배우고 인간이 될래?"

남매를 둔 어머니는 두 자녀의 논쟁을 늘 재미있게 바라본다며 즐거운 표정을 지었다. 그러잖아도 엄마들이 모이면 양업에 다니는 학생 이야기가 화제란다. 그럴 때 어머니는 이렇게 말한다고 했다.

"저는 오히려 일반학교 교육이 더 걱정됩니다. 모든 부모들이 어쩔 수 없이 일반 교육방법을 선택하는데, 저는 우리 딸 교육방법이 올바른 것이 아닌가 싶습니다. 학교와 딸을 믿고 지켜볼 겁니다."

그러면 다른 부모들이 걱정의 꼬리를 내린다고 한다. 반듯하게 살아가는 성가정에서 자라는 아이가 양업에 지원한 것이 신기해서 한가로운 시간에 그 학생을 불러 물어보았다.

"왜 이 학교를 지원했니?"

"저는 일반학교 교육방법이 맘에 들지 않아요. 그렇게 학교생활을 하고 싶지 않거든요. 양업은 제가 선택한 학교이며 교육방법입니다. 정말 좋은 학교예요."

그 학생은 자신 있게 미소를 지으며 대답했다. 자기를 사랑하고 미래를 희망하며 자발적으로 행복하게 살아가는 모습이 미래 교육의 모델이다.

한국 국민은 학력 수준이 높다. 요즈음은 대학교를 졸업한 사람이 대부분이지만, 진정한 교육 수준은 말이 아니다. 교육 수준이 낮다는 것은 자기만 생각하고 남을 배려할 줄 모르는 인간, 사람을 오직 시험과 성적 등급 등으로 구분하는 기능적 인간, 공동체에 대한 윤리의식이 낮은 인간 등, 인간다운 인간을 만들어내지 못한다는 뜻이다.

엘리트 대상에서 제외된 다수의 학생들이 학교와 학원에서 밤 10시까지, 새벽 2시까지 붙잡혀 있는 것이 과연 좋은 교육이고 좋은 대학에 가기 위한 노력이란 말인가?

남을 배려하지 않는 교육, 자연적인 것 안에서 성장을 체험하지 못한 채 인위적인 것만을 강제하는 교육, 그 속에서 자라나는 대다수 청소년들의 미래가 숨 막힐 듯 걱정스럽기만 하다.

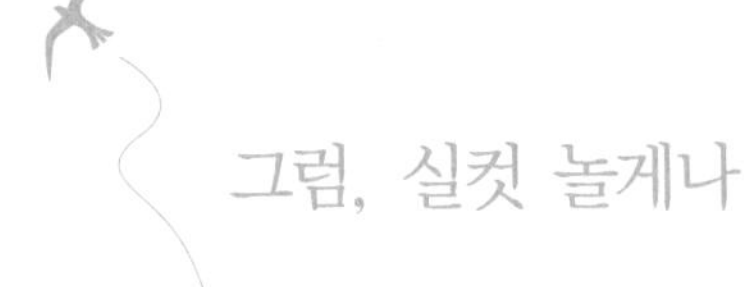

그럼, 실컷 놀게나

한 학생은 방학 때만 되면 학원에 가라고 준 사교육비를 절약해 유럽 배낭여행을 가고, 캄보디아로 봉사활동을 떠나 즐겁게 지내다 온다. 부모님은 자녀가 열심히 공부하는 모습을 보고 싶은데, 자녀가 그렇게 방학을 지내니 걱정이 큰 모양이다.

방학 중에 학생들이 학교에 찾아온다.

"뭐하고 지내니?"

"신나게 놀고 지냅니다."

"그래, 공부도 내가 하고 싶어야 하지. 그럼, 실컷 놀게나. 그러나 시간을 낭비하지는 말게."

공부는 하지 않고 신나게 놀기만 했다는데, 학생을 혼내기는커녕 미소로 반기며 '실컷 놀아라!'고 말하는 교장이 대한민국에 그리 많지 않으리라.

이렇게 말할 수 있는 것은 믿는 구석이 있기 때문인지 모른다. 머리도 있고 속도 멀쩡한 아이들이다. 공부하겠다고 맘만 먹으면 3년 치를 깔끔하게 해치울 능력이 있는데도, 놀고 즐긴다.

한 학생은 중학교 시절, 자기가 사는 아파트에서 내려다본 그 동네 고등학교 풍경을 이렇게 말했다.

"교실은 꼼짝없는 형무소이고, 집은 보호관찰소이며, 교사와 부모님은 교도관입니다. 밤 10시가 되어야 일과가 끝나고 학교는 소등이 됩니다. 그러면 학생들은 대기하고 있는 부모님 차에 올라타 집으로 향하곤 하는데, 전 그런 꼴을 참을 수가 없었습니다. 저는 즐겁고 재미있는 고교 시절을 만들어 갈 겁니다."

이런 말을 하는 학생들에게 다음과 같이 충고했다.

"애들아! 세상은 아주 넓고 할 일도 아주 많다. 그런데 아주 넓고 할 일이 많은 이 세상은 우리에게 조건을 요구하고 있단다. 그리고 그러한 조건들을 우리가 갖추었을 때, 비로소 세상은 넓어지고 할 일도 많아지는 거다."

그리고 최근에 일본에 가서 가톨릭에서 운영하는 여러 유명대학 인사들을 많이 만났으므로, 그분들로 부터 보고 들은 얘기를 들려주었다.

"자네도 더 넓은 세상을 향해 힘껏 날아보고 싶지? 일본 대학들은 전액 장학 유학생제도가 정말 많단다. 그런데 그 제도를 이용하려면 너희가 신뢰할만한 자격을 갖추어야 해. 일어 1급, 수학과 영어를 잘할 것, 이 두 가지가 입학 조건이란다.

돈 없고 가난하다고 신세타령 할 때가 아니야. 노력만 하면 얼마든지 넓은 세상으로 나갈 수 있단다. 그런데 많은 사람들이 아무런 목표 없이 시간을 축내며 젊은 시절을 그저 즐기려고만 해. 그리고 때가 되면 막연히 '나도 그 조건을 쉽게 가질 수는 없을까', 착각을 하곤 하지.

그러다가 대상에서 제외되면 자기 가슴을 치는 것이 아니라, 남을 탓하지 않니? 자, 우리 시작해 보는 거다. 그 똑똑한 두뇌 한 번 빛나게 해보는 거야, 알았지?"

여행을 즐기는 학생들은 나름대로의 인생철학이 있다. 또 여행을 하는 것이 노는 것만은 아니다. 너른 세상을 공부한 아이들이 목표를 세우게 되면, 놀랍도록 집중해 학업에 매진할 수 있을 것이라고 생각한다.

마음속에 새로운 꿈이 생겨나 책을 다시 잡게 되면, 그 동력이란 정말 무서울 정도이다. 그러니 부모님들에게 너무 걱정하지 말라고 전하고 싶다. 다들 자기 인생을 꾸려나갈 줄 아는 똑똑한 아이들이니까 말이다.

온실 속의 어린 싹

온실에서 길러진 묘는 포장圃場으로 이사 가서 살아야 한다. 더 큰 포장으로 나가야만 더 크게 성장할 수 있기 때문이다. 온실의 꽃이 가냘픈데 비해, 포장에서 피어난 꽃은 빛깔도 선명하고 튼튼해 더욱더 빛이 난다. 이와 마찬가지로 고산지대에 피어난 꽃들이 벌 나비를 끌어들일 수 있는 것도, 자연에 점차 적응해가며 발산하게 된 꽃향기가 강렬해서일 것이다.

'인간은 사회적 동물이다.' 이는 아리스토텔레스의 말이다. 그는, 인간의 목적은 행복 추구에 있다고 보았다. 그리고 우리가 행복하게 사는 길은 우리 능력을 잘 계발하고 연습하는 것이라고 했다. 또한 제멋대로 방종하며 자기주장만 일삼는 것도 타인과의 갈등을 불러일으키지만, 지나친 억제 또한 나쁘다고 주장했다.

그래서 그는 '중용'이란 카드를 꺼내 들었다. 사회 속에서 바르게 살아가며 균형 잡힌 인성을 유지할 때, 인간은 행복을 만들어 갈 수 있다는 것이다.

기숙사 학교에서 학생들은 서로 부딪히며 성장해 간다. 약자는 강자가 되는 법을, 강자는 약자를 돌보는 법을 배우게 된다. 그런 과정을 통해 행복이라는 추상적인 단어가 그들 안에서 구체적으로 생생하게 이루어진다.

공동체 안에서 자신감을 갖고 있을 때는 별 문제가 없다. 그러나 내가 약자일 때는 나를 귀찮게 하는 강자들이 몹시 성가시다. 그래서 의도적으로 그들을 피해가려고 애를 써보기도 한다. 그러나 강자들이 무조건 나쁘기만 한 것은 아니다. 때로는 나의 성장을 위해 필요한 존재이기도 하다.

억센 학생 몇 명이 기숙사에서 약자들을 두고 장남삼아 괴롭혔다. 그러나 받아들이는 약자의 입장에서는 그 전해져 오는 강도가 너무 강해 충격으로만 느껴진다.

그럴 때 약자들은 학교를 피해 온실 같은 집으로 피신해버린다. 그리고 현실도피라 할 수 있는 '전학轉學'이란 카드를 꺼내든다. 전학을 한 후 상황이 악화되자 이번엔 마지막 카드인 '검정고시'로 마음을 바꾼다.

학교는 이런 일들을 자주 경험하고 이런 행동의 결과를 알고 있으므로 부모와 학생의 생각을 바꿔보려고 노력한다. 이럴 경우 어떤 학부모는 자기가 교육박사처럼 행세하며 교사들의 말을 일축해 버리기도 한다.

집에 가고 싶어 하는 아이의 표정을 보며 마음이 약해지는 아버지에게 나는, 아이를 학교에 남겨두고 과감히 혼자 돌아가라고 조언했다.

그러자 아들은 아버지에게 집으로 자신을 피신시켜달라고 애절한 신호를 보낸다. 나는 그 아버지가 자녀에 대해 어떻게 처신할지 낌새를 눈치 채고 과감하게 아버지에게 말했다.

"가물 때 식물에게 물을 주면 금방 싱싱해지지만, 영영 회복이 되지 않는 경우도 있습니다. 지금 댁의 자녀는 그 한계점에 놓여있습니다. 지금 당신의 아이가 집으로 피신을 가게 된다면, 자녀의 성장은 끝내 멈춰버리고 말 것입니다.

댁의 자녀가 건강한 성장을 계속하기를 원한다면, 자녀를 학교에 남겨두고 돌아가십시오. 아버님은 훌륭한 엔지니어라 공장을 맡을 수는 있겠지만, 자녀 교육은 저희가 맡습니다. 우릴 믿고 제발 좀 돌아가 주세요!"

그 아버지는 학교의 입장을 받아들여 집으로 돌아갔고, 이제 일주일이 지났다. 아이는 공동체 속에서 예전처럼 행복한 표정으로 싱싱하게 지내고 있다.

온실 속의 어린 싹은 포장으로 옮겨져야만 더 큰 적응력을 갖게 된다. 포장으로 나가는 것을 포기하고 온실이 그리워 돌아가게 된다면, 그 생명은 성장의 한계를 맞게 될 것이다. 학생들이 기숙사 생활 속에서 친구들과 부딪히게 될 때에도, 당당히 맞서서 자신을 가눌 수 있게 되기를 바란다. 그래야만 미래에 행복한 삶을 맛보며 살아갈 수 있게 될 것이다.

3부

공부 좀 하려고요

좋은 학교 '양업'

"우리들이 버린 학생들, 그런 학생들을 위한 학교는 안 됩니다!" 교육계 전문가들로부터 절망적인 말을 들으며, 학교가 태어나고 나서도 2년 동안은 고통스런 산고를 겪어야 했다.

그리고 천신만고 끝에 땅을 파고 기초를 놓으며 한 층, 한 층 건물을 지어나갔다. 학생들이 공부할 건물을 짓던 몇 해는 참으로 힘들었는데, 어느새 개교 10주년이 되었다.

우리는 밥 먹을 숟가락 하나, 퍼 담을 그릇 하나 변변한 것 없이 학교를 시작했다. 정말 가난했다. 지금은 아름다운 추억으로 여겨지지만, 그때는 왜 그리 서럽고 어설프고 배가 고팠던지…….

거지가 깡통을 들고 문밖에 서 있으면 먹을 것을 담뿍 채워주던 나의 어린 시절처럼, 우리도 본당 근처를 서성이면서 밥그릇을 풍성히 채워 얻기도 했다. 지금 생각해보면 행복한 순간들이었다.

물론 힘들었던 때도 많았고, 숱한 사건 사고도 있었다. 학교가 개교를 하고 6개월 되던 때의 일이다. 학교 앞 냇물은 비로 만수위가 되어 힘차게 소용돌이 치고 있었다. 학생들은 그 냇물을 헤엄쳐 갈 수 있다며 폼을 잡았고, 급물살에 빠져버리고 말았다. 하마터면 죽었을지도 모를 일이었다. 다행히 아이들은 냇가 한가운데 섬처럼 드러난 모래톱 위에 기어올라 기적처럼 살았다.

이러한 악재의 소식은, '그래, 네가 그 일을 하겠다고?' 하는 빈정거림과 함께 나에게 돌아왔다. 만일 그 녀석들이 헤엄치다 익사해 실종되어 버렸더라면……? 나는 지금 이 글을 쓸 수 없을 것이다. 지금도 기억조차 하기 싫은 끔찍한 일이다.

'너희가 우릴 사랑한다고?'라며 코웃음을 치던 아이들이 '정말 우리를 사랑하나 보자!' 하며 매일 시험하듯 선생님들을 골탕 먹였다. 하지만 그런 고비를 넘기고 또 넘기며 학생들은 우리를 인정하고 존중해주기 시작했다.

나는 담배도 맘껏 태우도록 허용했으며, 술도 때론 함께 마셨다. 그들에게 즐거움이라고는 책이 아닌 담배와 술이었기 때문이었다.

그런 학생들이 점점 변해갔다. 처음에는 선배들이 후배들을 때리고 돈을 빼앗기도 했다. 후배들은 그런 선배들에게 절절매며 힘들어 했다. 하지만 선배들이 졸업하며 조금 나아지고, 또 다음 선배들이 졸업하며 조금 더 나아졌다. 그렇게 몇 해가 지날 무렵, 그들 스스로 암병동 같은 '흡연터'를 없애버렸다.

폭력도 잠잠해졌다. 교사들이 흡연터를 강제로 없애버렸다면, 교사와 학생들은 팽팽히 평행선을 그었을 것이다. 하지만 학생들은 경험이 쌓이고 철이 들면서 건강한 학교가 필요하다는 생각을 스스로 할 수 있게 되었고, 자발적으로 흡연터를 없애버렸다.

이제 누가 보아도 '폭력 없는 학교', '무단결석 없는 학교', '낙오자 없는 학교'인 '좋은 학교 양업'이 되었다. 이는 "사랑으로 마음을 드높이자"는 교훈이 실효를 거둔 것이다.

지금 우리 학교 아이들은 '자기를 존중하며 남을 배려하는 학생'이 되었다. 또한 '좋은 선택을 하고, 잘못된 선택을 했을 때는 응분의 책임을 지는 학생'이 되었다. 뿐만 아니라 '인성교육으로 학업 성취도를 높이며 당당하고 훌륭하게 살아가는 학생'들로 자리를 잡았다. 매년 우리 학교 입학 경쟁률이 5대 1을 넘고 있다는 것이 이 모든 것을 증명해준다.

교사들은 끝없이 인내하며 학생들을 기다려 주었고, 그 덕분에 학교는 자리를 잡을 수 있게 되었다. 그런데 요즈음은 우리도 공교육 교사들처럼 욕심이 생겨 조급해져가고 있다. 뿐만 아니라 학부모도 욕심을 부린다. 그래서 솔직히 옛날처럼 재미있지는 않다.

사실 이런 흔들림은 어쩌면 10주년을 맞으면서 자연스럽게 일어나는 현상일 수도 있을 것이다. 10년 역사 안에서 '좋은 학교 양업'의 모습을 보고, 지나온 고통이 일궈낸 부활을 다시

한 번 생각하며 마음을 다잡아본다.

그동안의 견디기 어려운 고통들이 학생을 키웠고, 교사를 키웠으며, 학부모를 키웠다. 그리고 교장도 키웠다. 참으로 은혜롭고 행복하며 감사한 일이다. 잘 갖춰진 아름다운 학교, 교육철학이 제대로 세워진 학교, 교사와 학부모와 학생이 협력하는 학교, 무질서 속에 질서가 잘 잡혀진 우리 학교는 이제 어디에 내놓아도 떳떳하고 당당하다.

졸업생들이 찾아와 희로애락을 이야기하면 나도 덩달아 행복하다. 그렇게 절망적인 아이들이었는데, 그 아픈 옛 모습이 다 죽고 생생하게 부활한 모습을 보고 있으면 참으로 뿌듯하다.

10주년을 맞이하며 삶을 흔들어 깨워야겠다는 생각이 든다. 하느님께 대한 감사, 수많은 은인들의 사랑에 대한 감사, 소명을 끊임없이 가꾸어 가야 한다는 열정…….

가난한 시절에는 모든 것이 부족했기에 나는 찾아 얻으려고 기를 썼다. 이제 그 마음을 다시 꺼내어 불을 지펴야겠다. 그리고 가난한 자의 초심으로 돌아가야겠다. 나아가 교육 대안을 끊임없이 연구하며 만들고 확고한 교육철학을 세워, 명문 대안학교로의 자리를 굳건히 해야 할 것이다. 그리고 세상 안에서 '좋은 학교 양업'이 성장할 수 있도록 노력해야 하겠다. 모든 분들께 깊은 감사를 드리며 하느님께 축복을 청한다.

승리자

전체 속에서 자신을 당당히 일으켜 세우는 학생들이 있는가 하면, 혼자 외롭게 숨어 있는 학생들도 있다. 우리는 후자에 속하는 이들을 '부적응아'라고 말한다.

'부적응아'인 학생은 자신이 공동체에 잘 적응하지 못하는 문제를 학교에 가지고 온다. 그리고 학교에 적응하려고 노력하기는커녕, 적응하며 잘 사는 학생들을 원망만 한다. 지금 3학년들 중에 졸업 하지 못하고 떠난 학생들이 그런 경우다.

부모 역시 자녀와 마찬가지였다. 적응을 잘 하지 못하는 자녀를 있는 그대로 인정하려 하지 않고, 학교 탓만 해대는 것이다. 이 아이가 이런 아이니까 잘 적응할 수 있게 도와달라는 부탁은 접어둔 채, 건강한 학교 또래들이 문제라며 고함을 치고 학교를 떠나버렸다.

지금 당당히 서 있는 3학년 학생들을 대할 때면, 부적응 상태에서 적응 상태로 바뀐 '승리자'의 모습을 그 속에서 발견하게 된다. 그리고 그 중심에는 항상 훌륭한 부모가 있다.

한 학생은 어린 시절을 외국에서 지냈다. 중학교 때 한국에 들어왔는데 문화적 차이를 겪으며 학교생활에 적응하기 힘들어 했다. 말 표현이 정확하지 않은데다 또래들의 대화 중에도 이해의 폭이 엄청나게 다르다는 것을 알게 된 것이다.

거기에다가 건드리기만 해도 추행이며 폭력으로 인정하는 외국 문화와 툭툭 치며 장난쳐도 아무렇지도 않은 우리 문화의 괴리 때문에 문제가 불거졌다.

그러나 우리는 그런 학생을 조용히 지켜보며 보살펴줄 뿐, 한 학기 내내 별다른 이야기를 해주지 않았다. 부모가 무척 고통스러워했지만, 우리마저 그 아이를 과잉보호 해줄 수는 없는 일이었다.

부모의 외국 유학 때문에 아이가 한국말과 한국 문화를 배우지 못했다면 그것은 그들의 잘못이다. 그걸 알면서 한국에 돌아와 벌어지는 모든 문제를 남 탓으로 돌린다면, 그 아들은 결코 당당하게 설 수가 없다. 공동체에 적응하지 못하면 검정고시를 선택할 수밖에 없지 않겠는가.

이러한 부적응은 부모님이 해결해야 할 문제가 아니다. 문화적 차이를 느끼는 당사자가 우리 문화를 익혀가며 또래들과 잘 어울릴 수 있도록 노력해야 하는 것이다.

얼마 지나지 않아 그 학생은 어려운 문제를 멋지게 해결했다. 처음엔 무척 서툴렀지만, 일 년 동안 적극적으로 살다보니 어느새 한국말을 제법 잘할 수 있게 된 것이다. 우리 문화를 익히며 전체 속에서 자신을 당당히 일으켜 세우는 모습도 보여주었다. 정말 대견스럽다.

부적응은 자신의 문제이다. 결코 남을 탓해서는 안 된다. 공동체 속에서 제대로 자신의 자리를 잡게 되었을 때, 그는 승리자의 모습을 우리에게 보여주게 될 것이다. 일 년 동안 어려움을 견뎌내며 잘 지내온 그 학생에게 격려의 박수를, 그리고 그 부모님께 축복의 말을 전한다.

예, 저희는 건전합니다

사춘기를 지나면서 이성교제가 본격적으로 시작되고, 때론 홍역처럼 심한 몸살을 앓기도 한다. 그리고 성인으로 성숙한다. 아무리 말려도 달리는 열차를 일시에 멈춰 서게 할 수 없는 것처럼 가속도가 붙어 있다.

지금 학교에서는 몇 몇 학생들이 이성교제를 하고 있는 중이다. 다정하게 둘이서 교정 한 구석에서, 산책길에서, 때론 둘만의 공간에서 즐거운 듯 소곤거린다. 식당에서도 교실에서도 함께 붙어 무슨 이야기를 그렇게 다정하게 하는지, 보기 좋다가도 걱정이 된다.

"얘들아, 교제는 건전하게 해야 한다."

"예, 저희는 건전합니다. 서로 존중해주고, 격려하며 힘이 되어줍니다. 걱정 마세요."

이렇게 말했던 커플들이 어느 사이에 어른들의 눈을 피하기 시작하고 어른들에게서 멀어져 간다. 외출을 함께 하기도 하고 늦게 돌아오기도 하고, 아침 일찍 둘이서 차에서 내리기도 한다. 좋지 않은 모습이 자주 선생님들의 눈에 띄게 된 것이다.

걱정스런 표정으로 무슨 이야기를 하려고 해도 커플은 신경질적이다. 건드리면 곧바로 감정이 터져버릴 것 같아 보인다. 급기야 부모가 학교로 쫓아오고 학교가 그들을 통제하려고 하면 이성을 잃고 벽거울을 발로 차기도 하고, 맨주먹으로 콘크리트 벽을 치기도 한다.

철부지들은 훈계를 거부하며 둘만 좋으면 그만이라는 식으로 행동한다. 아무 곳에서나 붙들고 포옹하고 어둠 속으로 숨는다. 윤리성도 잃고 막무가내다. 울고 또 울고, 달래주어도 상황이 심각하다. 결국 학교가 있을 곳이 아니라는 생각이 드는지 밖으로 자취를 감춘다. 부모와 자식 사이도 멀어져버린다. 자식 일로 부모는 한숨을 내쉬며 심한 우울증을 호소한다.

졸업 후 잘 다니던 대학생활도 포기한 채, 옹색한 방 한 칸을 마련해 힘겨운 알바를 하며 동거를 하기도 한다. 아직은 모르겠지만, 즐거운 시절은 사라져버린 거다. 이제 밀물처럼 밀려드는 쓰디쓴 삶의 고생을 무차별로 겪게 될 것이다.

이 청소년들은 무지한 상태에서 이성교제를 경험하고 혹독하게 치른다. 삶의 질서 속에서 단계적으로 계단을 오르며 이루어야 할 것을 뒤죽박죽이 되게 만들어버린 것이다. 그리고 대물림처럼 가난을 짊어지고 살아가게 된다. 언젠가는 제자리를 잡지 못한 채 다 부서져 버린 자신의 삶을 되돌아보며 후회를 하겠지만, 그러기에는 삶이 너무 짧다.

사춘기에 둘이 좋아서 벌인 일이 이제 고통이 되고, 그와 관계를 맺고 사는 공동체는 신음을 하며 병들어 간다. 부모는 우울증에 걸리고, 자신들이 만든 태아는 세상의 빛을 보지 못한 채 사라진다.

자식 문제로 양가는 서로를 물고 뜯는다. 아이들은 그때서야 달려온 길이 잘못 되었음을 알게 된다. 그리고 헤어질 수밖에 없는 슬픈 현실을 감당해야 한다.

미성숙한 청소년이 바르게 서려면, 그들이 올바로 걸어갈 수 있게 도와줄 보호자가 꼭 필요하다. 공동체가 있는 한 규칙은 엄격히 지켜져야 한다. 이성교제는 성인이 되는 단계에 겪게 되는 일이지만, 쓰레기가 어지럽게 바람에 날리는 듯한 모습이어서는 안 된다.

텔레비전의 애정물, 사회 풍속도, 인터넷 채팅, 자유롭게 접할 수 있는 각종 유해환경이 청소년을 지속적으로 무분별하게 오염시키고 있다. 청소년들의 이성교제는 대책이 없어 보인다. 그러나 자기완성을 위해 성실하게 노력해야 할 시기에 이성을 잃은 행동으로 삶의 소중한 한 때를 날려 버리지 않도록 해야 할 것이다.

공해지역 금연운동

얼마 전에 학교 근처에 산불이 났다. 이참에 학교는 '금연학교운동'을 펼치고 있다. 금연 프로그램으로, '금연학교', '금연마라톤'을 끝내고 나서 지난 10월 30일을 흡연 'STOP DAY'로 지정했다.

하지만 그 후 몇 명이 흡연하다 발각되었고 이들은 금연학교로 보내어졌다. 금연학교는 학생의 심각한 흡연을 확인한 후 일단 귀가를 시켰다. 그리고 학생들은 부모님과 함께 금연학교에 입소했다.

그 아이들은 금연의 확고한 의지를 갖고 일주일 후에 학교로 돌아왔다. 담임 선생님은 아이들이 즐겁게 생활하고 있다는 소식을 전해주었다. 교무부장 선생님이 한 마디 거들었다.

"금연학교를 운영하는 청소년센터 장으로부터 전화가 왔었습니다. 학생의 금연을 위해 노력하는 학교, 자녀를 위해 금연학교에 함께 온 학부모, 적극적인 자세로 금연을 하고 학교로 돌아가는 학생. 그 학교, 도대체 어떤 학교입니까? 금연학교를 운영하고 있지만 이런 학교는 전국에서 처음 있는 일입니다. 제 자녀도 다음에 꼭 대안학교인 양업에 보내겠습니다."

학생들이 건강한 모습으로 돌아왔다는 소식을 듣자 무척 기분이 좋다. 지역사회에 우리 학교 학생들은 골초로 소문이 나 있었다. 주민들은 콜 밴을 기다리다가 또래들이 모여 한 모금씩 뿜어대는 모습을 보고 양업 학생들을 구분한다고 했다.

깊이 빨아들인 니코틴에 중독된 학생들은 차에 탑승하기가 무섭게 운전기사의 얼굴을 찌푸리게 만든다. 청주 터미널과 옥산 콜 밴 정류장도 담배 연기, 니코틴 냄새로 진동했다.

끊임없이 태워대던 담배 연기, 할 일 없이 서성이며 목표도 없이 지내던 학생들……. 아이들은 수업이 끝나기가 무섭게 '흡연터'로 달려갔고, 흡연터가 없어진 날부터는 산 속을 분점으로 삼아 달려가서 숨어버리곤 했다.

그 모습이 얼마나 딱해 보였는지 모른다. 낮은 낮대로, 밤은 밤대로 담배 때문에 괴로워하며 비흡연자 학생들을 괴롭혔다. 담배를 피우기 위해 정적을 깨며 쿵쾅거리고, 깨끗한 복도에 가래침을 뱉었다. 학생들의 욕구를 충족시켜줄 게 흡연 외에는 아무것도 없는 것 같았다.

그런데 이제 '클린 스쿨Clean School'로 탈바꿈하고 있다. 예전에 '불'에 대한 글을 쓰라고 하면 아이들은 '라이터불', '담뱃불', 혹은 얼마 전에 발생한 '산불'을 떠올렸을 것이다. 지식의 영역이 좁은 아이들이 자신이 했던 일 외에는 꺼낼 게 없었기 때문이다. 하지만 지금 다시 학생들에게 '불'을 주제로 작문을 쓰라고 하면, 이제까지 볼 수 없었던 아주 넓고 깊은 글이 나오리라 기대한다.

교육은 지식 영역의 확대이며 좋은 방향으로 안목을 열어주는 일이다. 또 교육은 그 안목을 통한 발전이며 성숙이다. 지금까지 그들에게 풍부한 지식의 세계를 열어주지 못했던 것은 수업의 결손이 너무나 커서 미처 넓혀줄 기회를 얻지 못했기 때문이다. 이는 참으로 안타까운 일이다.

담배 냄새가 사라진 학교는 상쾌하다. 들락거리는 학생도 없다. 행사 때도 또래들이 무더기로 자리를 비워 썰렁하게 만드는 일도 없어졌다. "담배 가지고 왜 간섭하십니까?" 하는 학생들도 없어졌다. 덕분에 행복하고 건강한 학교가 되어 가고 있다.

공부 좀 하려고요

방학만 되면 마냥 즐기려는 학생들이 많다. 그런데 어느 날부터 즐기기를 그만두고 미래를 위해 고통을 선택하는 학생들 소식을 듣게 되었다. 방학 동안 목표를 설정하고 실력을 향상시키기 위해 스파르타 식 학원에 등록하려는 학생들이 늘어나고 있다는 것이다. 그동안 공부를 포기했던 학생들에게서 이런 희망의 불씨를 보게 되니 부모님들도 무척 기쁜 모양이다.

"신부님, 아들 녀석이 학원에 다니겠다고 하지 않습니까?"

아버지가 사랑으로 자녀를 대하게 되자 자녀가 변하기 시작했다고 한다. 부모님의 강요에 의해서가 아니라 자발적으로 공부를 하겠다니 얼마나 대견스럽겠는가. 스스로 공부하겠다고 했으니 그 성과 또한 클 것이다.

작년 축제 때 아무것도 하지 않고 뒤에서 서성이던 아들이 금년에는 무대를 누비며 뛰어난 춤 실력을 발휘하자, 그 모습을 지켜보던 아버지가 고무되지 않을 수 없었던 모양이다.

"신부님, 제 아들 춤추는 거 보셨지요? 제 아들이 그렇게 멋

있는 줄 몰랐습니다."

아버지의 상기된 표정이 정말 보기 좋았다. 나도 덩달아 하루 종일 신이 났다.

작년 축제 때 그 아버지는 무척 속상해했다.

"다른 친구들은 모두 무대에 올라갔는데, 너는 왜 못해?"

아버지는 아들에게 비난의 말을 쏟아 놓았다. 아들 녀석은 그런 아버지를 싫어했고, 아버지가 학교에 나타나는 것조차 달갑게 여기지 않았다. 그런데 그 아들이 올해는 멋지게 춤을 추었고, 아버지는 환한 얼굴로 웃음을 참지 못했다.

학교에 입학하고 나서 그 가족은 아버지와 아들 사이의 악화된 관계 때문에 가족 모두 집단상담을 받았다. 상담가는 아버지에게 너무 아이를 다그치지 말라는 주문과 함께 아들을 사랑과 인내로 대하라고 했다.

아버지는 아들에게 용서를 청했다.

"그동안 나 때문에 무척 힘들었지?"

아이는 '흑' 하며 울음을 터트렸고 그 후 밝게 변하기 시작했다고 한다.

그 어느 해보다 신났던 축제였다. 축제를 끝으로 집으로 향한 학생들 중에 '이번 방학에는 밀린 공부 좀 해야겠어요'라는 말을 남긴 학생들이 많았다.

"아버지, 이번 방학에는 공부 좀 하려고요"라는 말은, 부모가 자녀에게 들어왔던 말 중에 제일 반가운 소리였을 것이다.

사랑과 관심으로 기다려준 학부모가 아이가 변하게 한 것이다.

부모가 자녀에게 사랑으로 자상하게 대할 때, 자녀들은 그 순간부터 바른 마음을 갖고 스스로를 통제하기 시작한다. 학생들을 바로 서게 하는 것은 학교의 희망인 동시에, 가정의 희망이다. 여기서 상생의 힘이 나오고 서로가 행복해진다. 새해 모두 행복했으면 하는 마음으로 기도한다.

나라가 망한다고?

3년 동안 신나게 놀던 학생이 논술 준비를 한답시고 학원에 가겠다고 막무가내였다. 그런데 논술은 어떤 주장을 책과 똑같이 옮겨 놓는다고 해서, 또 그렇게 상투적인 글을 쓴다고 해서 좋은 점수를 얻을 수 있는 게 아니다.

논술은 자기 것이어야 하며 자기 경험을 바탕으로, 보다 창의적인 글을 써야 한다. 그래서 그 글이 남을 감동시켜야 한다. 학생이 평상시에 종합적인 사고력으로 사물을 바라보지 않으면, 좋은 논술을 기대하기 어렵다.

그 학생은 학원에 한 달 동안 다녔지만 결과는 보기 좋게 낙방이었다. 양업 3년 동안, 종합적인 사고력을 키우며 논술을 준비했더라면 삶의 경험이 부족한 일반학교 학생들보다 생동감 넘치는 논술을 내놓았을 텐데 말이다.

논술을 앞두고 일반학교 학생들이 3박4일 일정으로 소록도 체험을 떠난다고 한다. 인기가 좋아 그런지 예약 자리 얻기가 하늘의 별따기라고 한다. 책상머리에서 영리하게 머리를 굴리던 공부 잘하는 친구들이 소록도에서의 짧은 봉사활동 체험만으로 훌륭한 논술을 쓰게 된다니, 역시 머리 좋은 학생들은 뭐가 달라도 다르다. 그들은 긴 시간을 들이지 않고서도 짧은 고통을 멋진 문장력으로 그림처럼 그려낼 것이다. 탄탄한 지식을 기초 삼아 직접 체험한 것을 덧씌워 표현했으니 가히 감동적일 것이라는 생각이 든다.

우리 학교 지도교사들이 일본 이동수업을 마치고 부산항에 들어와 역까지 가기 위해 택시를 잡아탔더니, 택시기사가 볼멘소리를 하더란다.

"나라 망하겠네! 경제도 어려운데 돈 많다고 싸질러 돌아다니니, 나라가 곧 망하고 말 거야."

그 소리를 들은 교사들은 찍소리도 못한 채 숨을 죽였다고 했다. 우리는 정말 그 운전기사 말대로 외화를 낭비하며 아무 소득 없이 외국으로 싸질러 돌아다녔던 것일까?

언젠가 논술고사를 망치고 돌아온 학생에게 나는 부산의 운전기사처럼 야단을 쳤다.

"3년 동안 세상을 쏘다니며 보고 듣고 체험하며 지냈는데, 그 체험을 바탕으로 감동어린 글 하나 제대로 못 쓰다니!"

중국 현장수업에서 북한 돕기 감자 캐기 봉사활동을 2박3일 동안 하면서 한 학생이 말했다.

"난 앞으로 감자는 죽어도 먹지 않을 거야!"

그런 말이 저절로 나올 정도로 봉사활동은 무척 힘들었다. 그래도 '양업'의 학생들이 머리가 얼마나 명석한데 그 고통 속에서 고작 그런 생각만 했겠는가. 분명히 이러한 체험을 통해 다양하고 풍부한 사고력을 키우고 조합할 수 있게 되었으리라고 생각한다.

사고력을 키운다는 것은 무엇을 의미하는가? 보고 듣고 체험한 모든 것을 조합해 성숙하고 창의성이 담긴 글로 표현하는 힘을 기르는 것이다.

우리 학생들은 각자 포트폴리오를 만들었다. 이제 그들의 작품을 보고 사고력이 어느 정도인지 평가하게 될 것이다. 우리 학생들이 만든 작품이 정말 수준 이하라면, 부산항에서 볼멘소리를 했던 운전기사의 말이 맞을는지도 모른다.

노작시간

한 학기를 마무리하며 1학년 학생들과 이야기를 나누었다. 한 학생이 말했다.

"저는 학기를 돌아보면 '노작시간'이 제일 먼저 생각납니다. 감자를 내 손으로 직접 밭에 심었지만, 특별한 일이 벌어질 거라고는 생각하지 않았습니다.

따뜻한 봄날, 선생님은 우리와 함께 조각난 씨감자를 땅에 묻었습니다. 일주일에 한 번씩 갖는 노작시간에 모습을 드러낸 예쁜 감자 싹을 보며 그 주변에 무성히 자라나는 잡초를 제거해 주기도 하고, 또 어느 날엔 퇴비를 얹어주었습니다.

방학이 가까워질 무렵, 선생님께서는 감자를 수확하자고 했습니다. 우린 아무 생각 없이 밭으로 갔습니다. 그런데 깜짝 놀랄 일이 벌어졌습니다. 감자 줄기를 잡고 호미로 땅을 파면서도 무엇이 나올까 예측하지 못했는데, 주먹보다 더 큰 감자덩이가 줄줄이 쏟아져 나오는 것이었습니다. 저는 흥분했고, 마치 「흥부전」에서 박을 켜다가 금은보화가 쏟아져 나오는 것을 본 흥부처럼 흐뭇한 느낌이 들었습니다.

저녁나절 선생님은 학생들과 감자를 깨끗이 씻어 솥에 안치고 삶았습니다. 뽀얗게 잘 익은 감자는 영양분이 풍부한 간식이 되어 있었습니다. 그 어떤 감자보다도 맛있는 감자가 우리에게 큰 기쁨을 안겨주었고 즉시 생명이 되는 것 같았습니다."

나는 이 학생의 이야기를 들으며 다음과 같이 덧붙였다.

"노작은 인성교과의 중요한 과목입니다. 감자가 자라나는 모습 속에서도 나의 인격의 성장을 볼 수 있어야 합니다. 노작시간을 통해 수확해 낸 감자보다 더 귀한 인격을 수확할 값진 교훈을 얻어내야 합니다.

2007년 봄날, 나는 1학년 여러분들을 '양업'의 땅에 심었습니다. 여러분은 각자의 인격 가꾸기를 시작했으며 3년 후 나는 여러분을 수확하게 될 것입니다. 노작시간에 얻어낸 굵은 감자를 보고 기뻐했듯이 여러분이 이곳을 떠나는 날, 여러분의 풍성한 인격을 보게 되길 기대합니다.

노작은 단순한 육체노동이 아닙니다. 이런 교과목을 통해 우리가 하는 일에 관해서도 여유를 갖고 생각할 수 있도록 돕기 위한 것입니다. 이것을 알아차린 여러분을 만나서 정말 마음이 뿌듯합니다. 특성화 교과목에서의 여러 활동이 내 인격과 만나 성장하며 성숙해지도록 하는 것이 바로 인성교육인 것입니다."

학생들은 무엇인가를 깨달은 듯 고개를 끄덕였다.

결정에 따르는 책임

학업보다 끼로 인생의 승부를 걸겠다는 성급한 학생들이 있다. 그들은 때때로 용감하게 궤도를 수정하고는 훌쩍 다른 곳으로 떠난다.

사실 미지의 세계로 떠난다는 것은, 미래에 대한 선택이자 도전이기에 용기 있는 자들만 할 수 있는 일이다. 엉뚱한 데가 있는 사람들이 성공을 한다는 것도 이런 끼 있는 사람들을 두고 하는 말일 것이다.

하지만 이는 매우 위험해서 아무나 할 수 없다. 미래에 대한 선택과 결정은 끈기와 인내를 필요로 한다. 제대로 성공하려면 한 번 결정한 것은 그만두지 않는 게 좋다.

설령 미성숙한 철부지들이 끼만 믿고 내린 잘못된 결정이라 하더라도, 쉽게 포기하면 안 된다. 그러므로 결정은 아무렇게나 해서는 안 되는 것이다.

전문가가 되기 위해, 또 그 분야에서 창의성을 유감없이 발휘하기 위해서는 기초를 튼튼히 다지는 학업교육에 충실해야 한다. 전문성과 창의성을 발휘하기 위해서라도 고등학교 시절은 우리 삶 속에서 가장 중요한 시기라 할 수 있을 것이다.

전문성과 힘을 가진 사람이 되고 싶다면, 먼저 인격 형성에 필요한 신앙교육, 인성교육, 지적교육을 충실하게 다져야 한다. 학업을 포기하며 끼나 재능만 믿고 꾼이 되기 위해 궤도 수정을 하고 황급히 떠나려는 무모한 학생들은, 결코 큰 사람이 될 수 없다.

학업에 재미를 느끼게 되면 그것을 기반으로 큰 꿈도 꿀 수 있고, 용기도 낼 수 있으며 도전도 할 수 있을 것이다. 그런데 학생들은 평화롭게 학교생활을 하다가 갑자기 신세를 고칠 것 같은 착각으로 훌쩍 학교를 떠나기도 한다.

나는 오랜 경험에 의해 그들이 곧 후회할 것이라는 예측을 하게 된다. 그래서 학교는 최종 결정을 내릴 때까지 학생을 위한 좋은 선택을 하기 위해 부모들과 면담한다.

그러나 그 고집을 누가 막으랴. 학생과 학부모의 결정에 따라 하는 수 없이 놓아줘야 할 때가 되면, 이 결정을 다시는 돌이킬 수 없다는 것을 알려준다.

이제 그가 직접 경험해보도록 놓아두는 수밖에 별 도리가 없다. 그들의 선택이 미성숙하다는 것을 안다. 하지만 그 결정이 잘못된 결정이라 느끼고 훗날 다시 학교로 돌아오고 싶어한다고 해도, 학교는 그들을 받아들일 수가 없다.

그 이유는, 그들의 선택을 따르는 결정이 쉽게 내려져서도 안 되며, 그 결정에 대한 책임은 본인에게 있다는 것을 분명하게 가르쳐 주기 위해서이다. 그것이 그 학생을 위한 올바른 교육이기 때문이다.

무단 귀가

학기 초에는 학생들이 적응을 잘 하지 못해 무단 귀가를 하는 경우가 있다. 그럴 때면 학교는 그 학생에게 '왜 무단 귀가를 했나요?' 하고 따져 묻지 않는다. 단지 내일 수업에 늦지 않게 돌아오라는 부탁만 할 뿐이다.

그러면 그 학생은 다음날 학교로 돌아와 아무 일도 없었다는 듯이 생활한다. 담임교사는 그 학생 이 학교에 다시 돌아왔다는 안도감에 내심 반가워한다.

또 새 학기를 맞이했고 모두들 건강하게 학교로 돌아왔다. 식탁에서 그 학생의 이야기를 나누게 되었다.

'그 학생, 잘 지내는가?'라는 질문에, 한 선생님이 '건강하게 살아갑니다' 하며 그 학생으로부터 들은 이야기를 전해주었다. 일반학교 선생님이라면 자기를 불러 '왜 네 맘대로야? 그것도 무단으로! 그래도 되는 거니? 사고라도 나면 어떻게 하려고 그래?' 하는 사무적이고 의례적인 말을 했을 텐데, 여기는 선생님들이 확실히 다르다고 말하더란다.

"학교는 저를 야단치지 않았습니다. 학교로 돌아오라는 선생님의 부탁에 정말 놀랐습니다. 만일 무단 귀가 문제를 놓고 선생님이 우격다짐으로 저를 대했다면, 저는 지금 이 학교에 있지 않았을 것입니다."

지금 그 학생은 차분한 성격에 성적도 좋고 친구들과도 잘 어울리며 지낸다.

아직 한 학생이 학교로 돌아오지 않고 있다. 부모는 자녀의 자퇴를 결심한 듯하다. 자퇴원을 쓰고 돌아갔다지만, 학교는 결재를 유보하고 기다려주기로 했다. 학생이 돌아오지 않는 이유는, 공동체생활이 힘들다는 이유였다.

그 학생은 귀가를 선택했는데 자신의 미래를 위한 좋은 선택은 분명히 아니다. 학교를 그만 둔다면 사회성은 어떻게 배울 것인가? 분명 이는 퇴행 행위이다.

학생이 짧은 생각으로 삶의 도피처를 찾더라도, 부모와 교사는 중심을 잡고 말려야 한다. 검정고시를 선택했던 아이들은 모두 합격했다. 하지만 단순히 고등학교 자격을 따는 것이 전부가 아니다. 학생이 지금 답답하다며 놓아버리고 싶어 한다고 해도 이를 허락하는 것은 어른들이 잘못하는 것이다.

학교는 학생에게 좀 더 여유를 갖게 해서 자신을 극복하고 당당히 살아가도록 도와주어야 한다. 앞서 제시한 건강한 학생처럼 이 학생에게서도 환한 미소를 볼 수 있게 되면 좋겠다. 이를 위해 오늘도 마음 모아 기도한다.

HAPPY SMILE

아침 미사에 열심히 참석하는 3학년 학생이 교장실에 찾아와 말없이 꾸벅 인사를 하고는 집무실 책상 위에 책가방을 턱 올려놓았다. 그리고 가방을 뒤져 종이 한 장을 찾아 남겨놓더니 총총히 교장실을 떠났다.

자기주장이 뚜렷한 이 학생이 가끔 강성 주장을 펴왔기에 '이번엔 어떤 주문일까?' 궁금했다. 그런데 건네준 종이에는 큰 화분이 생명을 담고 있는 그림이 있었고, 'HAPPY SMILE'이란 글귀가 꽃처럼 피어 있어 내용을 살피기도 전에 느낌이 좋았다. 그 내용은 다음과 같이 시작되었다.

"안녕하세요. 말썽꾸러기 제자 ○○○입니다. 양업까지 와서, 더군다나 3학년인데도 모범을 보이지는 못할망정 말썽을 일으켜서 귀찮으시죠? 죄송합니다. 어쩔 수 없는 제 본성입니다. 입학할 때는 마음속으로 잘 지내자 다짐까지 했었는데 제가 요즘 너무 긴장이 풀렸던 것 같습니다."

그 학생은 학생 문제가 있을 때면 정의의 잣대를 들이댔다.

모든 결정은 형평에 맞아야 하고, 계획은 결코 변경될 수 없다는 주장이었다. 얼마 전에는 한 학생의 가해 폭력에 대해 학교가 너무 관대한 결정을 했다며, 이는 형평에 어긋난다는 주장과 함께 동료 학생들의 동의를 구했다. 학교장으로서 그런 관대한 결정이 날 수밖에 없었던 이유를 학생에게 설명했지만, 납득하기 어려워했다.

또 다른 일도 있었다. 선생님이 학사 일정을 꼼꼼히 확인해야 하는데, 그렇게 하지 못해 수정해야 할 일이 생겼다. 교사는 학생들에게 잘못을 시인했고 계획을 수정할 것을 제안했으나, 유독 그 학생만은 변경할 수 없다며 홀로 그 계획을 강행했고, 학교는 학생의 주장을 인정했다. 종이에는 이 두 가지 사건에 대한 반성과 사과의 글이 적혀 있었다.

"최근 폭력 사건의 ○○○ 가해 학생 문제, 1학기 산악 등반 강행을 놓고 많은 갈등을 겪었는데요. 그 당시는 잘 몰랐지만 지금 생각해보니 반성할 점이 많습니다.

우선 사건을 전체적으로 보지 못했고 어설픈 정의감에 심취해 제 주장만 늘어놓은 것 같습니다. 독선이라고 볼 수 있겠지요. 그리고 제가 보기에 아무리 잘못된 일이라 해도 어른에 대한 기본 예의 없이 행동해 죄송합니다.

저는 주말에 버스 승객 사이에 있었던 싸움을 지켜보았습니다. 할머니께서 깜박 잊으셨는지 카드를 찍지 않고 승차하였는데, 뒤에 계신 아저씨가 큰 소리로 고함을 치더군요. 그 아저씨의 행동이 틀린 것은 아니지만, 대다수의 승객들 시선이 곱지 않았습니다. '그냥 있지 왜 나서나?' 하는 분위기랄까요.

그 순간 제가 한 행동이 그 아저씨와 다를 바가 없다는 생각이 퍼뜩 들었습니다. 갑자기 숙연해지더라고요. 진정한 정의는 가해자까지 포용해야 한다는 말이 있는데 어설프게 논리적 잣대를 들이대며 인과적으로 접근했던 제 행동이 부끄럽습니다. 남을 포용하는 것에 대해 많이 생각했습니다. 다시 한 번 제 행동에 대해 진심으로 사과드립니다. 죄송합니다."

사과문을 받던 그날은 나도 'HAPPY SMILE'이었다. 법조인이 되겠다는 그 학생은 더욱 성숙해질 것이다.

충격요법

4층 베란다, 이곳은 새로 생겨난 학교 흡연터이다.

며칠 전 아침에 일어난 일이다. 아침 교사회의가 시작되기 전에 시간을 내어 모든 선생님들이 흡연터를 돌아보기 위해 4층 베란다로 올라갔다.

학생들이 선생님들의 눈을 피해 안전하게 담배를 피울 수 있는 때는 '교사회의 시간'일 거라고 짐작하고 있었기 때문이다. 왠지 모르게 '지금쯤 누군가 그곳에서 흡연을 하고 있겠지?'라는 예감이 들었다.

아니나 다를까. 그곳에서 한 학생이 흡연을 막 하려던 참이었다. 학생은 예상치 못한 발자국 소리에 놀라 이미 행동을 접고 안절부절 못하고 있었다. 그런데 순식간에 한두 명의 선생님들도 아니고 많은 선생님들에게 둘러싸이게 되자, 그때의 그 당황한 표정이라니! 말로 표현할 수가 없다.

선생님들의 시선은 학생의 당황해 하는 모습으로부터 바닥에 비참하게 널려진 담배꽁초로 옮겨지고 있었다. 그 사이에 수녀님 한 분이 학생의 난감한 표정을 재빨리 읽고 얼른 그 자리에서 학생을 빼내어주었다.

자리에 주저앉을 정도로 창백해지던 학생의 얼굴이 지금도 생생하게 기억난다. 생쥐가 먹이를 먹으려다가 사람 소리에 놀라 막다른 골목에서 어쩔 줄 몰라 하는 바로 그런 형국이었다.

그날 일과는 그렇게 시작이 되었고, 학생들이 물청소를 하고 기물을 정리정돈 하자 4층 베란다는 금세 깨끗해졌다.

그날 오후 그 학생을 불렀다. 흡연했다는 것을 야단치려는 것이 아니라, 보건실에 부탁해 우황청심환이라도 먹으라고 말하기 위해서였다. 그 학생에게 물어보았다.

"그때 느낌이 어땠었니?"

"갑자기 멍해졌습니다. 다리에서 힘이 빠져 그 자리에 털썩 주저앉아 버릴 것 같았습니다. 그리고 머릿속이 하얗게 된 것 같은 텅 빈 느낌, 자괴감 같은 걸 느꼈습니다."

꼭 약을 먹으라고 이르고는 그 학생도 웃고 나도 웃었다. 선생님들도 우리 이야기를 듣자 한바탕 웃었다.

며칠이 지난 후 그 학생을 또다시 만났을 때 물어보았다.

"지금도 담배 피우니?"

"아니요!" 학생은 단호하게 대답했다. 그날의 충격적인 경험이 그 학생으로 하여금 담배로부터 온전히 해방될 수 있게 해준 것이다.

그 일 이후 모든 학부모들에게 편지를 썼다.

'스쿨 그린 존을 위해, 청정한 학생들을 위해 흡연하는 학생은 고향 앞으로 돌려보내드리겠습니다. 그러니 부모님도 함께 금연 운동에 참여해 주십시오.'라는 내용이었다.

청소년들에게 담배라는 기호품은 당장 건강에 타격을 주지는 않지만, 청정한 두뇌를 간직해야 할 나이에 성장과 성숙을 방해한다. 그러므로 학교는 적극적인 노력으로 그들의 금연을 도와주어야 한다.

'반짝이'와 스승의 날

양업고 6기 ㅎ 학생이 꽃바구니를 들고 밝은 표정으로 교장실에 나타났다. ㅎ은 '스승의 은혜, 감사합니다.'라는 리본이 달린 장미 꽃다발을 건네주며 미소를 지어 보였다. 죽마고우를 만난 듯 반가웠다.

ㅎ은 학교에서 생활하는 동안 밝게 웃음을 지으며 자기 할 일을 늘 충실히 하는 학생이었기에 별명이 '반짝이'이기도 했다. ㅎ이 학교에 왔을 때 마침 전체회의를 몇 분 앞두고 있었던 터라, 나는 이참에 ㅎ을 재학생들에게 소개하고 싶었다.

"후배들에게 좋은 말 한 마디 들려줄 수 있겠니?" 하고 묻자, ㅎ은 기다렸다는 듯이 반갑게 "네!"라고 대답했다.

함께 교실에 들어갔다. ㅎ은 교실에 한가득 모여 있는 후배들 앞에 서서 친근하게 인사했다.

"안녕하세요. 저는 제6기 ㅎ입니다." ㅎ의 인사말에 후배들은 "와!" 하는 환성과 함께 박수로 맞이하였다.

"저는 오늘 스승의 날을 맞이해서 제 고등학교 시절의 전부인 양업고등학교를 찾아왔어요. 학교가 예전에도 예뻤는데 더 예뻐졌네요. 후배들도 굉장히 많아졌고, 여러분들이 너무 너무 귀엽네요. 저는 지금 홍익대학교 미술대학 디자인 영상학부 1학년에 재학중이예요. 선생님들이 보고 싶었고, 양업고의 선배로서 사랑스러운 후배들에게 좋은 얘기를 하고 싶어 찾아오게 된 거랍니다.

음, 일단 우리 양업고등학교는 다른 인문계 고등학교보다 훨씬 아름답고 행복한 학교예요. 저에게 양업고는 꿈을 가져다주었고, 꿈을 이루는 과정을 알려준 곳이에요. 물론 아직 꿈을 다 이룬 건 아니지만, 양업고에서 생활할 때처럼 열심히 제 꿈을 생각하며 알차게 살고 있답니다.

양업고의 생활은 자기 자신이 어떻게 시간을 활용하느냐에 달렸다고 봅니다. 아무리 학교가 좋아도 자신이 생활을 알차게 하지 않는다면, 그건 다른 인문계 고등학교와 다를 바가 없을 뿐만 아니라, 굳이 집과 멀리 떨어진 이곳까지 올 이유가 없겠죠?

여러분들이 양업고를 선택한 데는 나름대로의 이유가 있을 거라고 생각합니다. 시간이 지날수록 친구들과의 관계나 갈등 따위로 그 이유가 희미해 질 수 있겠지만, 처음 여기 왔던 목적을 잊지 말고 적극적으로 학교생활을 즐기고, 모두들 가슴 속에 품고 있는 꿈을 향해 열심히 노력 하세요.

양업고는 여러분들이 '맘먹고 뭘 해내야겠다!'고 다짐하고 실천 한다면, 정말 목표 달성을 가능하게 해주는 곳이에요. 다른 인문계 선생님보다 이해심 많고 아빠, 엄마 같은 때로는 친구 같은 선생님들과 공부하고 생활한다는 건 정말 축복 받은 일이라고 생각해요.

사랑스러운 후배님들! 양업고의 좋은 여건을 놓치지 마시고 적극적으로 잘 활용하시기 바랍니다. 그리고 졸업할 때 뭔가가 남을 수 있는 성공적인 고등학교 생활을 하시길 바랍니다."

후배들은 존경의 눈으로 ㅎ을 바라보다가 "와! 어떻게 홍대 미대 갔어요?" 하고 묻고 선배를 졸졸 따라다니면서 궁금증을 풀어갔다.

ㅎ은 학교에서 오랜만에 맛있는 점심식사를 하고, 학교 구석구석을 돌아보았다. 아마 '양업'에서 있었던 추억들이 주마등처럼 스쳐지나갔나 보다. 고마우신 선생님들과 한동안 정답게 담소를 나누더니 아쉬운 듯 작별인사를 했다.

"교장 신부님! 포근하게 저를 맞이해 주셔서 고맙습니다. 자주 올게요."

"양업고가 좋으냐?"라고 묻자,

"저에게는 정말 잊을 수가 없는 곳이지요." 하며 웃었다.

학교 시절 자기 시간을 잘 활용하고 틈틈이 체력관리를 하며, 밤늦도록 공부하던 반짝이에 관한 기억들이 떠올랐다. 올 스승의 날은 많은 학생들로부터 줄곧 감사의 인사를 받으며 지내게 된다.

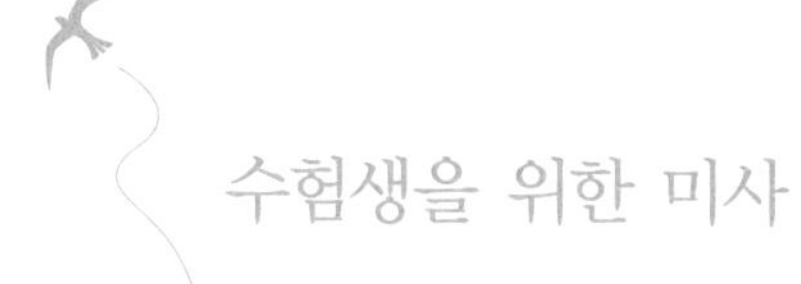

수험생을 위한 미사

수능고사 예비소집 날, 전교생과 학부모, 교사 모두 모여 정성스럽게 미사를 드렸다. 수능고사 전날, 이처럼 생생한 미사를 드려본 적이 최근까지 없었다.

지금까지 수험생을 위한 미사가 있는 날이면 정작 있어야 할 주인공들은 늘 보이지 않았다. 선생님도 학부모도 좋은 지향으로 성당에 와서 앉아 있는데 주인공이 없으니 좋은 기운은 다 빠져나가고 의례적인 미사를 드릴 수밖에 없었다. 좋은 마음으로 미사를 봉헌하려고 해도, 그들이 그 시간에 공을 차거나 학교 주변을 배회하곤 하니, 어찌 좋은 기운이 학생들을 향할 수 있었겠는가.

정성스럽게 준비한 미사 지향도 마음에서 날아가 버리고 제대 앞에 곱게 준비한 선물꾸러미도 의미를 잃어버렸다. 치유받은 나병환자 열 명 중 아홉은 보이지 않고 한 사람만 찾아와 주님께 감사드린 것처럼루카17:17-19, 대부분의 학생들이 감사할 줄 모르는 채 몇 명의 학생들만이 자리를 지키고 있었다.

그러나 금년 수험생들은 너무나 달랐다. 그들은 예의를 갖추고 미사에 왔으며, 후배들도 신바람이 난 듯 했다. 학부모들은 자녀들을 위해 미사 예물을 준비했고, 제단 앞은 예쁜 국화꽃 화분으로 장식되었으며 선물 꾸러미도 마련되어 있었다.

좋은 기운이 우리 모두를 밝고 빛나게 했다. 함께 한다는 것이 어떤 의미인지를 느끼며 더없이 기뻤다. 공동체가 드린 미사는, 수험생들에게 충분히 좋은 기운을 넣어주었으리라는 확신을 들게 했다.

수능고사가 있던 날 새벽, 후배들은 선배들이 고사장을 향해 떠나는 교문을 지키고 서서 파이팅을 외쳤는데, 수험생에게 큰 격려가 되었을 것이다. 수험생들을 배웅한 후배들은 기가 살아 우르르 성당에 들어와 미사를 봉헌했다. 그날 양업의 아침 공기가 무척 향기로웠다.

좋은 기가 한 방향으로만 움직이면 그 힘은 반감된다. 그리고 좋은 기를 전달하려고 해도, 수용자가 받아들이기를 거부하면 양쪽 다 힘들어진다. 하지만 우리는 좋은 기운을 주고받는 공동체를 경험했다.

좋은 기를 가진 사람들이 모여 사랑을 나누는 공동체, 그 공동체를 우리 모두 다 함께 경험한 것이다. 구성원이 좋은 기를 간직한다는 것, 그리고 함께 한다는 것은 아름다운 공동체의 새로운 탄생을 예고한다.

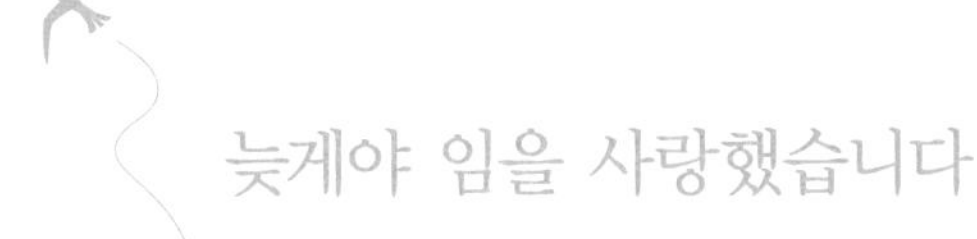

늦게야 임을 사랑했습니다

"저는 오랫동안 방황했습니다. 중학교 시절에 여러 학교를 전전 했고 고등학교에 진학은 했지만 끝내 중퇴를 했습니다. 한 마디로 밑바닥을 쳤지요. 부모님은 저에게 시골 대안학교로 가보자고 했습니다. 왜 내가 촌구석으로 가야 하느냐며 부모님께 투정을 부리고 반항하며 여기까지 왔습니다.

그랬던 제가 지금 여기서 건강하게 학교생활을 하고 있다는 게 놀랍습니다. 처음 이곳에 왔을 때는 잘 가꾸어진 학교 환경이 맘에 들었습니다. 그 다음에는 매일 있는 아침 미사가 제 마음을 잡아주었고 저를 잘 가꾸어 주었습니다."

이 말은 우리 학교 입학설명회가 있던 날, 한 학생이 학부모와 학생 지원자들 오백여 명이 모인 가운데서 들려준 말이다. 그 학생은 화려한 과거 전력을 지녔지만, 지금 그를 바라보는 우리의 시선은 곱기만 하다. 왜냐하면 지금 그 학생은 귀태가 흐르는 모범생 같아서 아무런 흠도 발견할 수 없기 때문이다.

그 학생이 이런 축복의 날을 갖게 된 것은, 입학 전에 부모님을 따라 선배들의 졸업미사에 참여한 것이 그 동기가 되었다. 그날 졸업미사에서 주교님은 이렇게 강론을 해주셨다.

"이 세상에서 가장 무거운 짐은, 그 누구도 그 무엇도 아니며 바로 '자기 자신'입니다. 학교생활 3년 동안 하느님께서는 여러분과 함께 하시며 무겁고 힘든 여러분의 짐을 대신 지어 주심으로 자기 자신을 극복하게 해주셨습니다."

그 학생은 주교님의 말씀을 듣고 뜨거운 감동을 받았다고 고백했다. 그리고 입학 후 '아우구스티노'라는 세례명을 받았고, 개신교 집안에서 신앙을 대물림하던 어머니가 가톨릭으로 개종을 한데 이어 금년에는 할머니까지 가톨릭으로 개종을 했다고 한다.

입시설명회가 성황을 이루고 있을 때 학부모들의 질문이 그 학생에게로 쏟아졌다.

"무엇이 이토록 훌륭한 학생으로 변화시켰습니까?"

"이 학교는 매일 아침 미사가 있습니다. 3년 내내 아무도 학생들에게 미사에 오라고 강요하지 않습니다. 하지만 모든 학생들이 자발적으로 거의 매일 미사에 참여하고 있습니다. 그 덕분에 학생들 밖에서 서성이시던 하느님께서 우리에게 오시고 우리는 그분을 사랑할 수 있게 되었습니다. 그렇게 함으로써 하느님께서 우리를 건강하게 변화시켜주십니다.

저는 매사에 열정을 갖게 되었고, 초등학교 3학년 시절부터 망가진 제 삶을 정리한 후 성실하게 가꾸고 있습니다. 지금 저는 매일 하루 서너 시간 밖에 잠을 자지 않습니다. 제 안에 살아난 열정은 저를 명문대학에 가도록 할 것입니다."

침묵 중에 그 학생의 말을 경청하던 학부모들이 큰 박수로 답해 주었다. 입시설명회장은 마치 그 학생의 신앙 간증과도 같았다.

'늦게야 임을 사랑했습니다. 이렇듯 오랜, 이렇듯 새로운 아름다움이시여, 늦게야 당신을 사랑했삽나이다. 내 안에 임이 계시거늘 나는 밖에서 임을 찾았습니다. 성 아우구스티노의 「고백록」 중에서'라고 말씀하신 아우구스티노 성인의 고백처럼 '저도 하느님을 늦게야 사랑하게 되었다'고 말한 그 학생은, 성 아우구스티노 축일에 하느님의 크신 은혜에 감사하며 감사미사를 봉헌했다.

4부

설익은 경험, 그 한계를 넘어

생명 가꾸기 대토론회

시작할 때부터 대안학교alternative school는 일반학교에서 적응을 못하는 학생이나 중도에 탈락한 학생들이 다니는 곳으로 인식되었다. 지금은 부정적인 인식보다 긍정적인 인식이 많아지긴 했다. 하지만 아직도 학교 밖은 물론이고 대안학교에 다니는 학생들조차 부적응 학생들이 다니는 학교라는 인식을 떨치지 못하고 있는 실정이다.

과거에 나 자신이 학교에 적응을 잘 못하던 학생이었다고 치자. 그래도 '지금은 확실히 아니다!'라고 말하며 멋지게 살아야 한다. 대안학교는 오로지 대학 진학에 초점을 맞추어 삭막하게 살아가는 일반학교를 뛰어넘는 학교이며, 진정한 교육을 추구하는 곳이라는 긍지를 학생들 스스로 가져야 한다.

우리 학교 학생들이 그동안 잘못 훈련받은 모습을 지금도 종종 보여주곤 하는데, 어쩌면 이는 당연한 것이다. 때로는 가정교육 부재에서 비롯된 왜곡된 성격, 잘못된 가치관과 윤리관, 잘못된 훈련과 습관에 의한 행동으로 학교를 혼란스럽게 만들기도 한다.

이러한 문제들은 우리 공동체가 노력하며 풀어야 할 과제들이다. 문제를 해결하기 위해서는 문제에 매달리기보다 먼저 적극적으로 인간관계를 개선하고 회복할 수 있도록 해야 한다.

우리의 노력이 이미 고정화된 습관을 변화시키기에는 역부족이겠지만, 하느님 사랑과 윌리엄 그래서William Glasser 박사의 『선택이론과 현실요법』이 더해져 '좋은 학교'를 만들 수 있을 거라고 믿는다.

윌리엄 그래서 박사는 "'좋은 학교'란 교사와 교육 행정가들이 질적으로 우수한 교육을 학생들에게 제공하고, 그 결과가 '좋은 학교'의 기준에 들어가는 것"이라고 한다. 또 '좋은 학교'의 기준은 학교에서 최근 2년 동안 사건 사고가 현저히 줄어들어야 하고, 폭력과 무단결석이 없어야 하며, 학업성취도 면에서 뚜렷한 향상을 가져오고, 전국의 학생들과 겨뤄 성적이 상위권에 진입해야 한다고 말한다. 이는 추상적 이론이 아니라 그가 부적응 청소년들에게 적용하여 효과를 본 결과이다.

우리 '양업'도 좋은 학교가 되기 위해 열심히 노력하고 있다. '좋은 학교'의 기준에 도달하기 위해 해야 할 일은 첫째, 학생들이 자기사랑과 자신감 회복으로 긍정적 인식을 갖는 것이며, 둘째는 교사와 학부모가 '현실요법'을 통해 학생들과 건강한 인간관계를 갖고 학생이 올바른 선택을 하도록 꾸준히 도와주는 것이다.

교사와 학부모가 문제를 풀어갈 방법을 학생들과 함께 끊임없이 모색하고 적용할 때, 학생들은 어른들에게 존경과 신뢰를 갖게 될 것이며 교육적 효과도 클 것이다. 이러한 방법 찾기의 하나로 교사와 학생, 학부모가 머리를 맞대고 생명 가꾸기 대토론회를 가졌다. 주제는 '양업공동체 안에서 이성교제는 바람직한 것인가'였다.

이성교제로 불거진 음주, 폭력, 무단가출, 미귀교 등의 여러 어려운 일들을 보며 우리의 교육 목표를 방해하는 요소들이 무엇인지 하나하나 짚어보았다. 이 토론회는 학부모, 교사, 전문가의 주장으로 나누어 장장 4시간 동안 진지하게 이루어졌는데 참으로 분위기가 좋았다. 이러한 신선한 시도가 각자의 마음을 움직여 서로 깊이 이해할 수 있게 해주었다. 앞으로 이런 시도가 공동체 안에서 계속되길 바란다.

교육이라는 것

행복이란 단어를 정의하기 어려운 것처럼 늘 '교육한다'고 하면서 살지만, 무엇이 교육인지는 정의하기가 상당히 어렵다.

가르친다Teaching는 범주 안에는 교육Education이라는 것이 들어 있다. 우리는 태어나면서부터 좋은 것이든 나쁜 것이든 다른 사람들로부터 배우는 한편, 가르치고 있다.

어느 교사가 이렇게 말했다. "학생들은 선생님께 배우는 것보다 또래집단에서 더 많은 걸 배웁니다. 그리고 부모로부터 가르침을 받는 것보다 가정 밖에서 더 많은 것을 배웁니다."

학생들은 또래집단에서건 가정 밖에서건, 좋은 것보다 나쁜 것을 더 많이 배우고 있다. 술, 담배, 비굴함, 폭력, 무시, 미워함, 시기, 질투 등 부정적 사고와 행동들이 그것이다.

술을 선택하는 홈을 보면, 선배로부터 암암리에 반강제적으로 배우게 되었다는 것을 알 수 있다. 그것은 좋은 쪽보다 나쁜 쪽으로 인격을 형성하게 하고, 공동체에 나쁜 전통으로 자리 잡게 된다.

선배들로부터 배운 허무 개그로 남을 불러 세워 인격적인 모욕을 강요한다든가 수치심을 불러일으켜 상처를 주고 나서, 그로 인해 상처받은 이를 외면해버리는 일이 얼마나 많은가.

생일을 축하한다며 케이크를 얼굴에 뭉개고 또래가 모여 두들겨 패는 모습도 다 선배로부터 전수받은 것이다. 선배들로부터 전수받은 나쁜 가르침은 교육에서 제외된다. 학교는 가르치는 것 중에 가치 있는 것을 전수함으로써 나쁜 것을 구분할 줄 알게 하고 올바르게 성장하도록 해야 한다. 이러한 행위를 교육이라고 한다.

요즈음 흔히 말하는 '가정교육, 학교교육의 부재'라는 말은, 가치있는 것을 제대로 가르치는 일을 포기하고 있다는 것을 뜻하고 있는 것 같아서 마음이 무겁다.

교사는 학생들을 교육하는 사람이다. 학생은 가치 있는 것을 교사로부터 배우는 사람이다. 교육부재의 상태에서 교육한다는 것은 정말 어려운 것이다.

무사가 되기 위해서는 사부님께 한 수 가르쳐 달라고 정중히 청한다. 나쁜 것이 아니라 좋은 것을 청하고 있는 것이다. 그런 마음으로 학생은 교사에게 가치 있는 것을 한 수 가르쳐 달라고 청해야 하는데, 요즘은 그런 마음들이 솔직히 없다.

그렇더라도 교사는 학생을 방임해서는 안 된다. 왜냐하면 교육을 해야 하기 때문이다. 교육을 잘못하면 그 인생의 백년

대계가 허물어지고 만다. 부모들은 자녀들을 과잉보호하여 키울 것이 아니라, 제대로 교육을 해야 한다.

교사는 또래집단이 가르치는 나쁜 가치들을 수정해 주어야 하고 좋은 가치들을 분명하게 설정해 주어야 한다. 그렇지 않으면 모든 것들이 다 무너지는 결과를 초래하게 된다.

양가 자녀들

'수秀는 빼어나다, 우優는 우수하다, 미美는 보기 좋다, 양良은 양호하다, 가可는 가능성이 있다'는 뜻이다. 학생에게 주는 성적은 모든 교육 대상을 가능한 상태로 보고 있다. 그런데 유독 우리나라는 성적이 빼어난 '수'만 가능한 상태로 보고, '양, 가良可' 자녀들에는 별로 관심이 없다.

또 학생의 인성과 잠재적 소질, 적성은 소홀히 한 채 지식 교과목만 챙긴다. 성적만 중요시하기에 학부모와 학생들이 울고 불며 스트레스에 시달린다. 특히 양가良可 자녀들은 어딜 가나 천덕꾸러기다.

설이나 추석 때 일가친척이 모이면 부모들은 자녀 자랑을 도마에 올려놓는데, 양가良可 부모들은 울상이다. 이런 부모들은 집에 돌아오기가 무섭게 뭐가 모자라서 공부를 못하니 하며 아이에게 비난을 쏟아내기 일쑤다.

요즘 우리 학교에 수재들이 몰려온다. 꼴찌 천재부터 일등 수재들까지 밀려온다. 얼마 전에 서울의 한 장학관이 찾아와 우리에게 물었다.

"대안학교는 인성교육만 시킨다고 들었는데, 지식교과 수업은 왜 시키며 대학 진학은 왜 시키나요? 거긴 문제아들이 가는 학교가 아닌가요?"

이는 학생을 성적으로 구분하고 꼴찌를 가능한 상태로 보지 않는다는 걸 보여주는 교육현장의 슬픈 단면이다. 학생을 이런 식으로 나누는 관리가 어떻게 학생을 제대로 교육할 수 있을지 유감이다.

아름다운 주상복합 건물도 눈에 보이지 않는 기초가 튼튼해야 위풍당당하게 그 위용을 드러낸다. 마찬가지로 훌륭한 인간을 기르기 위해 인성교육은 꼭 필요한 저변이고 기초다. 인간교육에 인성교육 따로, 지식교육 따로 구분 짓는 관리가 없어져야겠다. 이런 어른들은 가능태 학생들을 교육에서 소외시킨다.

무한한 가능성을 지닌 학생들을 지금 상황이 어른들 보기에 바람직하지 않다고 해서 문제아라고 단정 지어서는 결코 안 된다. 그들은 미성숙한 철부지들이고 성장과 성숙을 거듭하는 것이 그들의 특징이기에, 성숙한 어른들이 그들을 도맡아 교육해야 한다.

누구나 힘든 공부를 하는 것보다 즐기고 노는 것을 더 좋아한다. 특히 양가良可 도련님들과 규수들은 책 대신 담배와 술을 더 좋아한다. 그 모습이 보기 싫고 다루기 힘들다고 해서

괄시만 해서는 안된다. 그들이 공부를 게을리 하는 이유가 무엇인지, 어떤 대안으로 그들의 문제를 풀어줄 것인지 방법을 찾아내야 한다.

성적 구분 없이 다양한 학생들이 대안학교로 몰려오는 이유는 대한학교가 모든 학생들을 가능한 상태로 보고 기초를 착실히 쌓아올려 장차 드러날 주상복합 건물의 저변을 마련해주려고 노력하기 때문이다.

우리 학교는 양가良可 도련님들과 규수들이라 하더라도 모든 면에서 빼어날 수를 받을 수 있는 과정을 거친다. 그래서 온통 축제 분위기다. 우리나라의 모든 학교가 늘 이런 축제 분위기를 만들어주는 교육현장이기를 소망한다.

빠떼루par la terre를 주고 싶다

봉사활동 가서 한 학생이 탐나는 물건을 몰래 가져온 것을 보고, 교사가 야단을 쳤다.

“제가 뭘 잘못했나요? 이 물건은 누구나 사용할 수 있는 것 아닌가요?”

도둑질이란 개념을 모르는 학생이다.

걸어오다가 피곤하다고 남의 자전거에 손을 댄 학생에게 그건 도둑질이라며 제자리에 갖다놓고 오라고 하면, 태연히 대답한다.

“자전거가 임자 없이 버려져 있기에 타고 왔을 뿐입니다.”

어떤 학생은 저학년에게 강제로 돈을 빌려놓고 되돌려 줄 생각을 전혀 하지 않는다. 돈을 돌려 달라고 하면 꼭 갚아야 되느냐고 되레 성질을 부린다.

또 다른 학생은 지나가는 학생에게 공갈을 쳐 돈 만원을 빼앗아 공갈범이 되어 경찰에 붙잡혔다. 그것으로도 부족해 자신의 소중한 인격을 저당 잡힌다. 자기 잘못은 뉘우치지 않고 오히려 걱정하는 부모를 협박한다. 학교를 자퇴하고 기술을 배울 거라며 으름장을 놓기도 한다. 가출해 삼겹살집에서 도우미로 일하며 청춘을 불사르는 경우도 있다.

그뿐만이 아니다. 공동체에서 강자로 군림하며 약한 학생들을 마구잡이로 못살게 구는 것으로는 모자라, 학교를 물 먹이겠다며 부정적인 일을 저학년 전체에게 시키고 명령의 진원지가 다 밝혀졌는데도 시치미를 뗀다. 그리고서는 자기는 아무 잘못도 없다며 끝까지 거짓말을 한다.

몇몇 학생들은 도무지 분별력이 없어 보인다. 또 학부모도 마찬가지다. 어느 부모는 자식이 잘못하면 제대로 가르치지 못한 어른 잘못이라며 머리를 조아리지만, 어떤 부모는 너무나 당당하고 뻔뻔스럽게 학교에 항의를 하기도 한다.

"그까짓 것 가지고 뭘 그러세요?"

그런 부모에게는 자녀 교육을 제대로 하지 못한 잘못을 물어 빠떼루par la terre 레슬링 등의 경기 중에 적극적인 진행을 위해 소극적인 자세를 취하거나 공격을 회피하는 선수에게 주는 벌칙를 주고 싶다.

부모의 생명이 온전해야 자녀의 생명도 온전해진다. 많은 부모들이 자녀가 태어나서부터 지금까지 공부하라고 재촉만 했지 올바른 가치관 위에 제대로 된 도덕관과 윤리관을 정립시켜 주지 못했다. 제대로 교육했다면 적어도 고등학생이 돈 만 원에 자기 인생을 걸지는 않았을 것이다. 이런 소식을 접하다보면 어떻게 이런 일이 일어날 수 있는지 그저 놀라울 뿐이다.

"학부모 여러분, 자녀를 대안학교에 보내놓고 제발 대학 타령 그만 좀 하시고 자녀를 훌륭한 사람으로 만드는데 힘을 쏟아주시기 바랍니다. 많은 자녀들이 입학할 때 부모님과 한 약속을 다 잊어버리고 할 일 없이 서성대기만 합니다.

'해라!'라고 한다고 해서 절대 그대로 할 학생들이 아닙니다. 잘 아시지 않습니까. 지금까지 그래 왔잖습니까. 속지 마시기 바랍니다.

왜 그리 성급하십니까? 자녀들이 부모의 변화된 모습에 답답해 할 정도로 참고 인내하십시오. 당신들의 철부지 자녀들, 아직도 대책이 없어 보입니다.

방학 동안 잘 지도해서 또 건강하게 만날 것을 기대합니다. 한 학기도 참 어려웠습니다. 함께 기도합시다."

문제는 풀라고 있는 것

가끔 어른들이 참 비겁하다는 느낌이 들 때가 있다. '문제아'란 단어를 생각해봐도 그렇다. 이 말은 청소년들이 만든 것이 아니라 어른들이 만들었다. 어른들은 문제를 지닌 청소년들을 제대로 바라보지도 않으면서, 그들이 큰 병이라도 걸린 것처럼 방치하고는 무책임한 표현을 하고 있다. 이 표현은 어른으로서 책임을 회피하고 마치 아이 혼자 문제를 일으킨 것처럼 떠넘기는 것 같아 비겁하게 느껴진다.

나는 어른들이 지금부터라도 '문제아'라는 표현 대신에 책임의 연대성이 느껴지는 '청소년 문제'라는 말을 썼으면 좋겠다. '청소년 문제'라고 표현하면 듣는 입장에서 조금은 편안할 것이다. 또 청소년과 관련된 문제이기는 하나, 그 책임이 전적으로 청소년에게 있다기보다 어른들도 일정 부분 책임이 있으니 연대하여 해결해야겠다는 의지가 담겨 있는 것 같아 좋다.

'문제아'라고 하면 이미 거기에는 구제불능의 낙인이 찍혀 있다. 성인인 어른들이 한창 변화를 추구하며 희망 속에서 자라야 할 청소년들에게 불도장을 찍어 불량으로 몰아붙여서야 되겠는가. 사춘기 아이들 속에는 양질도 있고 불량도 있을 것이다. 단순히 공부가 싫다고 해서, 등교를 거부한다고 해서, 대인 기피증이라고 해서, 학교를 어떤 문제로 중퇴했다고 해서 그들을 아무 생각 없이 '문제아'라고 낙인찍는다면 어른의 도리가 아니다.

청소년 문제는 사회가 발전하면 할수록 쉽게 사그라지지 않는다. 우리는 청소년들에 대한 어른의 책임을 결코 회피해서는 안 된다. 묘안을 찾아 그들을 기필코 살려내야 한다.

플라톤은 현실세계는 허상이며 이데아의 세계를 참된 세계로 보았다. 그는 인간이 현실에서 이데아의 세계로 오르기 위해서는 인간 내면에 사랑의 힘이 꼭 필요하며, 모두 그 힘을 지녀야 한다고 했다. 또한 인간은 참된 세계로 상승할 수 있는 동인動因인 에로스를 지닐 때만이 참된 세계로 진입할 수 있다고 했다.

청소년들이 진리의 세계로 접근해 가는 동인을 갖는 것은 본인의 몫이다. 그렇지만 그것을 도와주는 것은 성숙한 어른들의 몫이다. 하느님 아버지의 자비하신 사랑이 방탕한 작은 아들을 참된 삶으로 나아가게 하는 동인이 되었다면, 우리 어른들도 '청소년 문제'가 보다 더 좋은 쪽으로 나아갈 수 있도록 동인을 불어 넣어줘야 하지 않을까?

청소년들을 낙인찍는 '문제아'라는 표현 대신 '청소년 문제'로 표현하며 그 책임의 연대성을 지니고 함께 풀어가면 좋겠다.

지식만 질리도록 먹이는 교육

기숙학원, 예체능 학원, 국·영·수 학원, 어학연수…… 청소년들은 '방학'이라는 용어에 걸맞지 않게 방학기간 동안 묶여 지내곤 한다.

'우리 학생들은 일반학교 학생들과 달리 방학 동안 실컷 놀고 있겠지?' 하고 궁금해서 전화를 걸어보면, 대부분의 경우 일반학생들과 다를 바 없이 묶여 지내고 있다. 이는 어른들이 청소년의 인권을 고려하지 않고 일방통행 방식으로 공부를 강요한 결과다.

진정한 '교육의 효과성'은 무엇일까? 많은 사람들이 교육의 목적을 대학 진학이라 설정해 놓고, 얼마나 많은 학생이 원하던 대학에 합격했는지 산출해내느라 바쁘다. 당장 드러나는 숫자만 중요하게 여기는 것이다.

뿐만 아니라 학교 행정가들도 오로지 대학 진학을 유일한 목표로 정해 놓고 서울대학교 합격생을 한두 명 건지는 것으로 교육의 효과성을 가늠하고 있다. 사람 개개인이 지닌 손과

가슴, 다리, 몸통, 머리 등 전 인격을 고려하지 않고, 오로지 머리만 잘 굴려 명문대학에 진학하는 것을 교육의 효과성이라 보고 있는 것이다.

학생들이 미래를 위해 자신의 부족한 공부를 하느라 밤낮없이 땀 흘리는 것은 좋은 일이다. 그러나 대학 진학에만 급급한 나머지 자기 확신과 미래에 대한 희망을 간과한다는 것은 깊이 생각해 볼 문제다. 이는 교육의 효과성을 대학 진학 결과에만 초점을 둠으로써 정작 학생들에게 필요한 소중한 것을 잃어버리게 한다.

더 심각한 문제는 대학에 진학해서 2~3년이 지난 후, 비로소 자기가 선택한 대학이 자신과 잘 맞지 않으며 미래의 희망이 되지 못한다는 사실을 알게 된다는 점이다. 그때 대혼란이 일어난다.

그런데 많은 학생들과 부모들이 거기까지 생각하지 못한 채 지내다가 그 상황이 벌어진 후 고민을 하게 된다. 맞지 않는 전공을 선택한 대학생들은 궤도 수정이 불가피해진다. 그래서 또 다른 대학으로 편입하거나, 자퇴 및 재수를 택하곤 한다.

교육은 학생 개개인이 미래를 희망적으로 준비하는데 초점을 맞춰야 하고 그것이 효과성을 높이는 길이다. 삶이 없는 교육, 지식만 질리도록 먹이는 교육은 미래에 승산이 없다. 스트레스와 답답함, 실망감만 안겨줄 뿐이다.

국가 인권위원회에서는 청소년들의 인권을 보호할 목적으

로 밤 10시까지 모든 교육 활동을 마감하는 조례를 제정하고자 한다. 이는 당연한 일인데도 학부모와 학원가가 발끈할 것이 틀림없다.

교육 효과성을 잘못 인식하거나 왜곡하는 이런 모습들을 보며, 교육현장이 과연 아이들을 위해 무엇을 어떻게 도와주어야 할지 다 같이 깊이 성찰해야 할 것이다.

설익은 경험, 그 한계를 넘어

우리 일행은 중국의 동북 3성 중의 하나인 요령성의 심양을 돌아본 후, 길림성의 연길까지 14시간 걸리는 야간열차 여행을 하였다.

두만강을 사이에 두고 중국의 삼합과 북한의 회령은 색깔부터 서로 다른 모습으로 다가왔다. 두만강은 푸르건만, 북녘 산자락은 식량난 때문인 듯 가난한 스님의 깁고 기운 승복 같았다.

한반도 최북단인 북한의 남양이 빤히 바라다 보이는 중국 도문에 멈춰 섰다가 다시 동남쪽으로 1시간 반을 달려 중국 훈춘에 도착했다. 이곳은 벌써 겨울이다. 두툼한 점퍼 차림에 구부정한 몸동작으로 어슬렁거리는 사람들의 모습이 우리 마음까지 움츠러들게 했다.

남북 정상들이 평양에서 만나는 이틀 동안, 우리도 평화를 기원하며 20만 평의 광활한 벌판에 학생들을 세웠다. 우리 선조들이 일군 역사와 문화가 살아있는 중국 벌판 길림성에서 학생들은 이틀 내내 감자를 부대에 담는 작업을 했다. 명색이 '북한 돕기'였지만, 미래를 키워가는 인간 만들기가 더 큰 목적이었다. 한 학생과 대화를 나눴다.

"광활한 벌판에 선 느낌이 어떠니?"

"너무 넓어서 기가 질리고 막막해요. 널려있는 감자를 어디서부터 손을 써야 할지 엄두도 못 내겠고, 마음에 큰 부담이 됩니다."

"막막하다는 느낌이 어떤 건지 좀 더 쉽게 설명해 줄 수 있겠니?"

"그건 마치 평소 공부에 소홀한 제가 공부하려고 마음먹고 교과서를 폈을 때와 같은 그런 막막함 같아요."

"자네의 그 막막함이 언제 마음에서 사라졌지?"

"네, 그 광활한 밭에 우리 학생들만 듬성듬성 섰을 때 숨이 막힐 지경이었는데, 다른 인부들이 많이 와서 일을 거들어 줄 때 그 막막함이 사라졌어요. 갑자기 내 책임량이 줄어든 것처럼 한결 가벼운 느낌이 들었거든요. 아마 공부할 때도 누군가 나를 거들어 주면 쉽게 해결될 수 있을 것 같습니다. 누군가 나를 도와줄 때, 혼자라는 막막함으로부터 실마리가 풀리게 된다는 것을 배웠습니다."

이는 그 학생이 터득한 교육적 경험이다.

나는 막막함의 한계를 뛰어넘은 그 학생에게 『토지』의 저자 박경리 씨에 관한 이야기를 들려주었다.

"박경리 씨는 남도의 섬진강을 끼고 도는 '악양'이란 벌판에서 25년 동안 지내며 장편소설 『토지』를 집필했단다. 그는 어릴 적부터 자연과 호흡하며 세계사나 우주과학에 관한 책들을 읽었고, 수도승 이상으로 절제하며 가난한 삶을 실천했다고 한다. 그래서 그 끝에 작품을 창작할 수 있게 되었다는구나. 그가 『토지』의 배경이 되는 중국 용정을 한 번도 가보지 않고서도 충분히 사실적으로 묘사할 수 있었던 것은, 삶 속에서 얻어낸 숱한 경험 덕분에 가능했던 것이란다."

학생들의 경험이 아직은 설익지만, 언젠가는 그것이 바탕이 되어 폭발적인 에너지를 창출하게 되리라 믿는다. 교사의 역할은 학생들이 삶 속에서 얻어낸 교육적 경험을 통해 사고의 한계를 딛고 창조성을 발휘하도록 돕는 것이다. 이것이 바로 인간 만들기 교육이라고 생각한다.

여기 고등어가 많이 잡히나 봐요

요즘 학생들은 교실 수업만 죽어라 해서인지 어떤 학생은 텔레비전 프로그램 '골든 벨을 울려라' 50문항을 맞추면서도 세상 물정은 전혀 모른다. 그런 교육을 받은 학생들이 전문가가 되겠다고 대학에 진학한다.

한 대학의 교수님과 대학생들이 안동댐과 임하댐으로 내수면이 잘 발달된 도시, 안동으로 답사를 갔다. 답사 기간 중에 안동의 명산물인 '간 고등어'를 먹었는지, 한 학생이 교수님께 질문했다. "교수님, 여기 안동댐에 고등어가 많이 잡히는가 봅니다. 그러지 않고서야 이렇게 맛있는 간 고등어를 맛볼 수 없지 않겠습니까?"

기가 찰 노릇이다. 먹성 좋은 청소년 시절에 공부만 했던 상전들이라 밥이 무엇인지, 자기가 먹는 고기가 민물고기인지, 바다고기인지 전혀 구분을 하지 못한다. 공부하다가 우르르 식당에 몰려가서 주린 배를 채운 것이 전부였을 것이다.

이 음식이 무엇인지, 이 고기가 어디서 난 것인지, 학생들은 음식을 먹으면서도 여유를 갖지 못했다. 군대에서 훈련병이 훈련 받다가 식사하듯 학생들도 마음에 여유 없이 식사를 한 탓이다. 고등어가 바다에서 잡히는지 담수 댐에서 잡히는지 학생들은 전혀 알 길이 없다.

꽃동산에서 꽃구경을 하다가 한 학생이 "야, 접시꽃이다!" 하자 옆에 있던 학생들도 "아, 그래 맞다. 접시꽃!" 하며 이구동성으로 외쳐댔다.

교수님이 어이가 없다는 듯 얼굴을 찡그리며, "접시꽃이 아니다. 우리나라 꽃 무궁화란다. 요즘 학생들은 우리나라 꽃, 무궁화도 모르나?" 무궁화를 접시꽃이라 아는 척 으스대는 학생들을 보고 교수님은 놀라지 않을 수가 없었다.

시험 답안을 위한 이론만 받아먹고 사는 학생들, 대상을 객관적으로 파악하고 아는 것은 감이 잡히지 않는 학생들…… 요즈음 교육이 학생들을 이렇게 만들었다.

교수님은 이런 교육 참상을 보고 탄식하는데 그치지 않고, 중학교 과정의 자기 딸에게서 공교육을 몰수했다. 이런 교육에 내 자녀를 맞길 수 없다는 것이었다. 그리고는 딸을 양업에 보냈다.

아버지가 주말이 되어 집에 온 딸아이에게 물었다.

"학교생활이 어떠니?"

"너무 재미있어요. 빨리 귀교하고 싶어요!" 딸이 답했다.

"그래, 손으로 만지고 눈으로 보고 확인하고 느끼는 체험학

습, 노작 시간에 더 열심히 해라. 그리고 노작 시간이 더 허락된다면 넉넉히 신청해라."는 당부를 덧붙였다고 한다. 아버지의 교육철학 덕분일까? 반짝 반짝 작은 별처럼 영롱한 딸아이의 학교생활은 언제나 여유가 있어 보인다.

현재의 공교육은 닫힌 교실에서 경쟁, 시기, 질투, 간섭, 비난, 미움, 질책, 왕따, 우울증을 일으키며 청소년들을 고민에 빠뜨린다. 빈틈없이 짜인 일정이 청소년들을 질리게 만들고 숨 가쁘게 만드는 것이다.

단편적인 지식을 마구잡이로 먹고 먹이는 일방적인 교육이 한 인간의 인성, 전문성, 창의성을 모두 망칠까 심히 걱정이 된다. 그래서 미래가 더 걱정이다.

세상은 넓고 할 일은 많다

내가 어린 시절에는 사람도 세상도 다 청정했다. 눈이 왔다 하면 폭설이었고, 눈을 내려주는 하늘을 닮아 사람들의 영혼도 깨끗했다. 꼬마들은 눈밭에서 뛰어놀다가 언덕에 빙판을 만들어 하루 종일 신나게 미끄럼을 탔다. 숲이 온통 눈을 뒤집어쓰고 있을 때면, 친구들을 나무 밑으로 불러 함께 눈을 뒤집어쓰고 놀았다.

그런데 그 동심의 설국은 이제 지구 온난화로 먼 기억 속에만 있게 되었다. 지금은 그때처럼 사람도 세상도 청정하지 못하다. 이곳 일본 홋카이도北海島에 온 것은, 우리 학생들에게 세상은 넓고 할 일이 많다는 이야기를 해주고 싶어서였고, 다른 하나는 홋카이도의 겨울이 청정할 것이라는 순박한 기대 때문이었다.

홋카이도 중심 도시인 아사이카와旭川에 도착했을 때, 하늘도 땅도 깊은 설국이었다. 1미터가 넘을 만큼 실하게 쌓인 눈길은 혹한 속에 생명을 감싸 안은 이불처럼 포근하게 느껴졌다. 그러나 나요로名寄의 아침 온도는 영하 38도였다. 나는 겁 없이 아침 산책을 나갔다가 턱이 사라지기라도 한 듯 감각을 잃어버리게 되는 바람에, 깜짝 놀라 집으로 뛰어들어 왔다.

몹시 춥고 눈이 많이 내려 꼼짝 없이 방에 갇혀있는 신세가 될 거라고 생각했는데 그건 기우였다. 지방정부가 시민의 안전을 위해 밤새 눈을 치운 덕분에, 사람들은 자동차를 몰고 80 킬로의 속력으로 눈길을 달릴 수 있었다. 우리는 옷을 든든히 챙겨 입고 다시 설국으로 나갔다.

오츠크해海가 길게 이어지는 해안을 따라 가보았다. 전나무, 낙엽송, 구상나무, 자작나무로 이루어진 조림목이 자연과 조화를 이루며 빼곡히 자리를 잡고 있었다. 나무들이 겨울옷을 입고 늠름하게 버티고 있는 모습은 참으로 아름다웠다.

슈마리니아 호수를 보러 가려고 했는데 눈이 길을 막는 바람에 더 이상 가는 것을 포기할 수밖에 없었다. 알고 봤더니 식민지시대에 일본으로 징용된 한국인 노동자들에 의해 그곳에 호수와 철도가 놓였다고 한다.

그 이야기를 듣고 나니 대설大雪이 그 길을 막은 것이 오히려 다행이라는 생각이 들었다. 우리는 한국인 노동자들의 명복을 비는 미사를 조용히 봉헌했다.

우리는 홋카이도에서 프랑스풍의 농촌을 보는 기회도 가졌다. 기업 농업으로 낙농을 하는데, 우리처럼 우유만 생산하는 단순 낙농이 아니었다. 젖을 짜는 것은 기본이고 버터와 치즈를 만들고 소시지, 밀크캐러멜 등 육가공 브랜드 상품을 수북이 내놓고 판매하고 있었다.

부가가치가 높은 상품들을 만드느라 일자리 창출도 끊임없이 이어지는 모양이었다. 단순 농업을 하는 바람에, 과잉 생산으로 판로가 막히게 되면 생산비도 건지지 못했다며 거리로 뛰쳐나오는 우리네 농부들 처지와는 사뭇 달라 보였다.

공부방식도 마찬가지다. 왜 이처럼 지독하게 해야 하는지 이유도 모르는 채 공부만 하는 학생들을 생각해 보니, 우리 교육도 단순 농업과 같다는 생각이 들었다. 나는 설국 속에 파묻혀 풍성한 부가가치를 창출하고 있는 일본의 농촌 모습을 바라보며 교육이 어떤 것이어야 하는지 다시 한 번 배웠다.

오사카의 청심대학교, 나고야의 남산대학교, 동경의 순심여자대학교, 홋카이도의 나요로대학교, 그리고 홋카이도의 대안학교인 '가정학교부지 33만 ㎡, 학생수 56명'도 방문했다. 이 학교들은 가톨릭과 관련이 있는 명문 대학들로 유학생을 위한 장학제도가 잘 짜여 있었다.

이번 방문을 통해 우리 학교 졸업반 학생 한 명이 동경 순심여대 1학년 전 장학생으로 입학하게 되었다. 학교가 대화로 협약을 체결해 이루어낸 성과이다. 이 학생의 입학은 다른 학생들을 위해서도 좋은 계기가 될 것이라고 생각한다.

이처럼 멍하니 시간을 낭비하는 대신에, 좋은 기회가 자신을 선택할 수 있도록 조건을 갖추게 되면, 날개를 달고 너른 세상으로 날아오를 수 있다.

대안학교인 가정학교는 우리에게 신선한 충격을 주었다. 엄청나게 너른 학교 부지에 자연과 인간이 공존하며 지낼 수 있도록 자연 친화적인 공간으로 꾸며놓아 입이 떡 벌어졌다. 하느님이 마련해주신 자연이 상처받은 사람들을 품어주는 것처럼 보였다.

가정학교를 둘러보며 우리나라 청소년 생각이 저절로 났다. 성냥갑 같은 아파트에 숨 막히는 교실과 학원, 그 좁디좁은 공간에 갇혀 지내야 하니 얼마나 상처가 크고 깊겠는가. 이렇게 세상은 넓고 할 일도 많다는 것을 그 학생들에게도 보여주고 싶다.

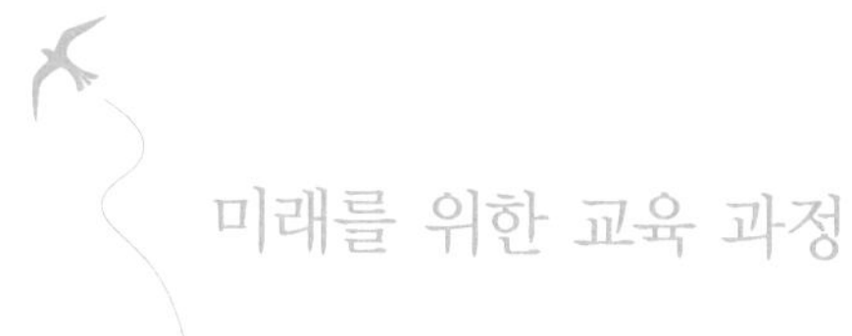

미래를 위한 교육 과정

아침 7시부터 밤 10시까지의 학교생활, 밤 10시부터 새벽 2시까지의 학원생활, 교실이란 공간에서의 끊임없는 지식 섭취! 이것이 일반학교의 일반적이 풍경이다. 이런 생활에 학부모도 학생도 교사도 익숙해졌다. 이런 생활이 신뢰가 가는가.

어느새 우리 사회는 1등만을 바라는 세상이 되었다. 그런데 1등의 자리는 한정되어 있다. 1등에서 제외된 다수의 사람들은 어디서 어떻게 1등이 되어 지낼 것인가. 걱정이 앞선다.

고등학교에 다니는 학생들에게 '왜 고등학교 과정이 있는가' 질문을 던지면, 답은 간단하다. '대학에 잘 가기 위해 있다'고 대답한다. 그러나 그것은 착각이다. 사춘기에서 탈출해 성숙의 절정기를 이루어내는 고등학교 시절은 자신의 미래를 선택하는 중요한 시간이다.

그렇기에 폭넓고 다양한 체험 활동을 필요로 한다. 자신의 미래를 탐색하고, 자기 분야에서 1등을 하고 행복해 하는 선택의 기회를 갖기 위해 고등학교는 필요한 곳이다.

나는 우리 학생들에게 인성 교과인 테마 여행을 떠나기에 앞서 전교생들에게 이런 말을 들려주었다.

"요즘 학생들은 가상공간에서 인터넷으로 관계를 맺으며 많은 시간을 보냅니다. 그러다 보니 사회성과 공동체성을 제대로 익히지 못한 채 자랄 수밖에 없습니다. 그리고 남을 배려하고 사랑하는 마음이 많이 부족합니다.

여러분이 이 학교에 입학해 공동체 생활인 기숙사 생활을 해야 하는 이유가 여기 있습니다. 기숙사 생활은 남을 배려하고 사랑하는 일을 익히기 위해서 하는 것입니다. 이는 여러분에게 매우 생소하고 배우기 어려운 부분입니다. 이제 학교생활을 통해 지금까지 경험해 보지 못했던, 남을 존중하고 배려하는 성숙한 기초 덕목을 배우게 될 것입니다.

글로벌 시대에 걸맞게 잘 적응하려면, 무엇보다 공동체성을 익히고 인간관계를 확충해야 하며, 세상에 대한 적응력을 키워 건강하게 살아야 합니다. 또한 자신의 잠재력을 발견하고 창의성과 무한한 가능성을 이끌어내야 합니다. 이런 노력은 여러분을 1등으로 만들 것이며 행복하게 살아가게 할 것입니다."

미래를 생각하는 교육학자들은 일반학교는 점차 그 기능이 한정되어 문을 닫을 수밖에 없다는 전망을 내놓았다. 이제 미래의 학교는 다양한 인성교육을 통해 학습 동력을 만들어야 한다. 그리고 그 동력으로 미래를 이끌어 갈 수 있는 독특한

브랜드로 각 분야에서 1등인 인재를 양성할 수 있는 현장을 갖추어 놓은 학교만이 살아남게 되리라는 지적이다. 나 또한 공감하는 바이다.

나는 이런 미래지향적인 교육 철학을 학교에 적용하며 살아왔다. 지금 당장이라도 우리 학교에 대한 모니터링을 실시한다면, 이 학교를 떠난 졸업생들이 이에 대해 좋은 평가를 내놓을 것이라고 확신한다. 교실만을 고집하는 학력 위주의 교육은, 몇몇 최고점에 다다른 사람을 제외한 대다수의 학생들을 뒷걸음질 치게 할 뿐이다.

우리 학교에서 실시하는 다양한 체험 활동은 학생들에게 자신의 미래를 선택하고 결정하는데 큰 역할을 할 것이다. 글로벌 시대의 인재를 육성하려면 인성교육이 절대적으로 필요하다는 것을 학부모들은 인식해야 한다. 그리고 기존 교육 과정으로 학생들의 미래에 화를 부를 것이 아니라, 튼튼한 인성교육으로 행복한 미래를 학생들로부터 이끌어내야 할 것이다.

행복한 졸업생들

양업 3기 ㅁ! 그는 미국 L.A에 있는 산타모니카 커뮤니티 칼리지에 다니고 있다. 양업학교에 다니던 무렵에는 영어는 물론 전 과목에서 바닥을 치는 성적에, 머리 염색에만 신경을 쓰는 답답하기 그지없는 학생이었다. 그런데 중요한 것은 부모님이 언제나 중심을 잡고 아들을 기다려 주었다는 점이다.

그렇게 3년을 지내고 운 좋게 ㄱ대학교에 입학했지만, 성적 0점인 상태로 자퇴할 수밖에 없었다. 이유는 기초실력이 없어서 공부를 따라갈 수가 없었기 때문이다. 그는 하는 수 없이 지원 입대했고 강원도 화천에 있는 '이기자' 부대로 전속되었다. 그런데 말 안 듣는 병사로 고문관 취급을 받으며 힘들었던 그 때, 그는 서강대 출신 동료를 만나 경영학에 눈을 뜨게 되었다.

"양업과 군대가 아니었다면 전혀 성장할 수가 없었을 것입니다. 그때 비로소 저는 미친듯이 미래의 목표를 위해 공부를 해야 한다는 생각을 하기 시작했습니다. 그래서 제대 후 영어

학원에 다녔고, 뉴욕에서 지냈습니다.

남이 가니까 나도 떠난다는 생각은 결코 아니었습니다. 내가 나의 미래를 위해 과감히 떠난 것이었습니다. 그리고 지금 이 대학에서 열심히 살고 있습니다. 덕분에 4.0 만점에 3.8의 성적을 받았고, 4년제로 편입을 결정하게 되었습니다.

이제 캘리포니아주립대학UCLA에 편입해 비즈니스, 통계 부문을 전공하고 싶습니다. 그런데 그 대학에서 고등학교 시절 성적증명서를 요구합니다. 바닥을 친 성적 때문에 부끄러움이 앞서지만, 편입하려는 대학에서는 바닥을 치고도 이렇게 놀라운 성적을 이루어낸 학생의 가능성을 확인하고 싶다고 합니다."

완전히 바닥인 고등학교 성적표를 받아 든 아버지는 이렇게 말했다.

"신부님, 다른 학교에 갔더라면 죽도 밥도 안 되었을 겁니다. 물론 양업에서의 생활은 견디기 힘들었지요. 그렇지만 무단으로 번번이 학교를 탈출하고, 기숙사에서 동료 학생들과 밤새우며 함께 지낸 시간은, 부모와 자녀 사이에 입은 상처를 치유하는 시간이었던 것 같습니다."

5기 졸업, ㅇ 소위, 해군사관학교 제64기 졸업식에서 해군 소위로 임관된 멋진 엘리트, 나라의 간성이다. 이날 졸업식에서 나에게 찾아와 "필승!" 구호를 외치며 거수경례하는 모습이 정말 자랑스러웠다.

학교 다닐 때는 그렇게 놀기 좋아하던 에너지 넘치는 여학생이었는데, 공부만이 자기 취미라며 스스로 공부방에 들어가 무섭게 공부하더니 해군사관학교를 놀라게 하며 140명 중 4등으로 입학했다.

'감자'라는 별명을 가진 제6기 ㄱ! 여러 가지 일들로 골치를 썩인 학생이었다. 이 학생은 마 씨 집안으로 가족 모두 양업에서 세례를 받았다. 세례명은 마르티노, 마르꼬, 마가렛 등이다. 이 학생 역시 문제행동 때문에 공부로부터는 손을 뗀 채 성적이 바닥을 치던 학생이었다.

그런데 엊그제 전화가 왔다.

"신부님! ㅇ대학교에서 4.5점 만점을 받아 전체수석으로 졸업했습니다. 그리고 학교 권유로 미국으로 유학을 떠납니다."

아버지도 신이 나서 우리 마 씨 집안에 큰 경사가 났다며 양업이 아니었더라면 이런 기쁨은 결코 누릴 수 없었을 것이라고 말한다.

6기 졸업생 ㅈ을 해군사관학교에서 만났다. 중학교 시절 서태지를 따라다니느라 공부를 놓친 학생이다. 인간관계가 남다른 이 학생은 참으로 믿음직한 모범 여학생이다. 꽃동네 현도대학을 졸업하고, 사회복지사 1등급을 취득했다. 세상 구경을 많이 하고 싶다며 네팔에 15일 동안 혼자 여행을 다녀왔다. 대학 교수의 추천으로 미래에 교수가 되기 위해 이제 곧 영국 대학에 유학을 갈 예정이라고 한다.

양업의 자랑스런 선배 졸업생들에게 축하의 인사를 전하고 싶다. 요즘 들려오는 행복한 졸업생 이야기는 또 다른 졸업생 이야기를 기다리게 한다.

열 번째 졸업식

한 달 전에 있었던 양업 10기 졸업식에서 학부모 대표가 다음과 같이 축사를 했다.

10기 졸업생 여러분, 졸업을 축하합니다. 이야기 하나 들려드리겠습니다. 3년 전에 한 아이가 입학을 했습니다. 그 아이는 꿈이 없었습니다. 잘 할 수 있는 것도 없다고 여겼습니다.

그랬던 그 아이에게 꿈이 생겼습니다. 그 아이는 마흔 살이 되면 학교를 만들어 보고 싶다고 합니다. 해보고 싶은 일이 생겼고, 원하는 대학에 진학하게 되었으며, 입시사정관으로부터 잠재력을 인정받아 전액 장학금을 받게 되었습니다.

3년 전, 그 아이의 아버지는 중3 담임으로부터 이런 전화를 받았습니다.

"학교에 대해 잘 알아보고 결정하신 건가요? 아버님, 그 학교에 보내면 아이 망칩니다."

3년이 지난 지금은 이런 전화를 받습니다.

"제 아이를 양업에 보내고 싶은데, 거기 들어가려면 어떻게 해야 하나요? 어렵지 않은가요?"

이 이야기의 주인공은 제 딸이지만, 이렇게 변한 주인공은 바로 오늘 졸업하는 여러분입니다. 이제 여러분은 아이스크림도 따뜻하다고 생각할 수 있을 만큼 따뜻한 마음을 가지게 되었습니다.

여러분은 곧 어른이 되어 세상을 만나게 될 것입니다. 혹시 '덤벙주초'라는 말을 들어 보았습니까. 옛날 우리 조상들이 누각의 기둥을 세울 때 자연석을 초석으로 덤벙덤벙 놓는 것을 뜻하는 말이라고 합니다. 돌을 반듯하게 다듬지 않고 자연스레 생긴 그대로 밑돌로 삼았으니 기둥 모양이 제각각일 수밖에 없었습니다. 숏다리도 있고 롱다리도 있습니다.

그렇습니다. 그렇지만, 똑바로 서 있습니다. 그렇습니다. 울퉁불퉁한 자연석처럼 세상은 평탄치 않습니다. 고르지 않은 세상에서 중심을 잃지 않으려면 마음의 기둥을 잘 세워놓고 있어야 합니다. 왜냐고요? 여러분은 우리의 자랑스러운 아들, 딸들이고 자랑스러운 '양업'의 대표 주자이기 때문입니다.

세상을 나서는 우리 자랑스러운 대표선수들에게 따뜻한 마음, 지금 이 순간을 소중히 여기는 마음, 실패할 때라도 절대 포기하지 않고 즉시 다시 시작하는 마음, 이 세 마음을 선물로 드립니다. 모든 것은 마음먹기에 달려 있습니다. 힘차게 시작하십시오!

학부모 대표는 답사를 마치자마자,

"졸업생은 그대로 앉아 계시고, 다른 분들은 모두 일어나 주시어 졸업생들을 향해 서 주십시오." 하고는,

"졸업생 여러분! 살아오면서 가슴 뭉클한 환영을 받아보신 적이 있으신가요? 나도 모르게 눈물이 나는 열렬한 박수를 받아보신 적이 있으신가요?"라고 말한 후,

"여러분의 사랑스런 아들딸들에게, 자랑스러운 양업의 대표 선수들에게 평생 잊을 수 없는 순간을 만들어주고 싶습니다." 라며 주문을 했다. 그리고 객석을 향해 부탁했다.

"여러분, 이제껏 없었던 엄청난 환호와 이제껏 없었던 엄청난 박수를 보내주십시오."

졸업식장은 순간 환호와 박수가 어우러져 졸업생을 향해 축하를 해주고 있었다.

뜻깊은 축사의 글을 남겨주기 위해 상큼한 아이디어를 준비해 오신 학부모의 지력만큼 훌륭하게 자랄 학생들의 미래를 보게 되는 것 같아 마음이 한없이 뿌듯했다.

피겨의 여왕 김연아에게 보낸 국민의 뜨거운 성원과 박수갈채처럼, 한 아버지가 준비해 다함께 졸업생들에게 보낸 환호와 박수갈채는 사회로 떠나는 졸업생 모두에게 큰 활력이 되었을 것이다.

그 어느 때보다 성숙한 졸업식은 5시간 40분 동안 진행되었

지만 결코 지루하지 않았다. 이는 나만의 느낌이 아니었다. 오신 손님들도, 재학생들도 다 함께 행복해 하는 졸업식이었기에 나 또한 더없이 행복했다.

양업 10기들이여! 너희들이 남긴 '행복'이란 단어가 너희 삶 안에 가득하기를 기원한다. 안녕!

'양업' 10주년을 지내며

신록의 계절이며 성모님의 달인 5월을 새로이 맞이했습니다. 지난 4월, 하느님께서는 침울했던 겨울 산을 연두색 봄빛으로 채색시켜 주셨습니다. 그리고 이제 5월을 맞아, 푸른 신록처럼 젊게 한 달을 시작하려고 합니다.

세상을 온통 파란 풀밭으로 꾸며주시고, 이 몸 편히 쉬도록 뉘여 주신 하느님의 사랑에 깊이 감사드립니다. 대안학교 '양업'의 개교 10주년이 막 지났습니다. 엊그제 같이 느껴지는 시작이었는데, 벌써 10년이 지났다니 전혀 실감이 나지 않습니다.

모든 게 어설프고 가난했지만, 무척 행복한 시간이었습니다. 주님께서는 10년 동안 한결같이 저의 다정한 친구가 되어 주셨습니다. 그래서 '양업'은 결코 외롭지 않았으며 늘 행복했습니다.

10년 전, 이 학교에 몸담고 있으며 응석을 부리던 철부지 학생들도 이제는 철든 어른이 되어, 실한 나무들처럼 사회 속에 뿌리를 내리고 있습니다.

지난날 나를 괴롭혔던 졸업생들이 10주년을 경축한다며 학부모들 손을 잡고 양업 동산에 모였습니다. 얼마나 반갑던지 그들 하나, 하나 포옹을 해주었습니다.

하느님께서 마련하신 파란 풀밭에서 생명을 가꾸던 그들이 마음 모아 감사미사를 드렸습니다. 존경하올 장 가브리엘 주교님과 사제단, 그리고 여러 내빈을 모시고 드리는 감사의 미사는 가슴 벅찬 시간이었습니다.

10년 전 처음으로 만났던 학생들이 10주년을 경축하는 '양업' 모교에 찾아와서 저에게 보은하는 마음으로 전해준 선물은, 새롭게 볼 수 있는 환한 얼굴과 감사하는 마음이 가득 담긴 대화였습니다.

"저는 이곳에서 너무나 큰 사랑을 받았습니다. 부적응 학생들이 다니던 수용을 위한 대안학교였는데, 이제는 교육철학이 분명한 대안교육의 장이 되었습니다. 학생들을 섬기며 희생으로 보듬던 선생님들이 너무 고맙습니다.

하위의 가치와 목표로 선생님들을 힘들게 했는데, 상위의 가치와 목적으로 이끌어주신 선생님들께서 왜 우리를 자유롭게 해주셨는지, 이제야 알겠습니다. 우리는 자유 안에서 책임을 배웠고, 제 자신을 통제하는 자발성을 얻게 되습니다.

선생님들은 저희들에게 지시, 명령, 강제, 비난, 설교 등으로 간섭하지 않았고, 자발성을 통해 미래를 선택하고 결정해 넓은 세상을 향해 나아갈 수 있도록 키워주셨습니다.

그리고 저희가 지겨운 곳으로 여기던 교실에서 세상 밖으로 이끌어내어, 교육적 경험을 쌓을 수 있는 '삶의 교육'을 실현해 주었습니다.

기숙사에서 지내야 했던 3년은 너무나 힘들었고, 수직적인 선후배 사이의 인간관계 또한 힘들었습니다. 그렇지만 그 생활 덕분에 저희는 당당하게 살아갈 수 있는 사회성을 기르고 공동체 정신을 익힐 수 있었습니다.

'양업'은 학부모와 교사가 저희들을 사랑으로 드높인 사랑의 학교입니다. 10년 동안의 인간교육은, 즐거움의 대상인 담배와 술을 없어지게 했고, 학생들이 옆구리에 교과서와 책을 들고 다니는 모습을 볼 수 있게 해주었습니다.

새벽 동트는 시간까지 불을 밝히고 공부하는 후배들의 모습이 정말 아름답고, 행복해 보입니다."

헤어질 시간이 되었습니다. 그들의 환한 얼굴을 나는 다시 한 번 더 바라봅니다. 그때는 힘들었지만, 지금은 헤어져야 하는 이 자리가 못내 섭섭합니다.

분명한 것은, 그들은 착해빠진 마마보이도 아니었으며 맹목적으로 살아가는 철부지도 아니었다는 것입니다. 끼가 많고 배짱이 두둑한 똑똑한 아이들이었으며 당당히 미래를 선택하고 결정할 줄 아는, 제법 철학적인 아이들이었습니다. 그런 아이들을 '문제아'라고 치부했던 어른들이 부끄럽습니다.

그들이 있었기에 '양업'은 한국 대안교육의 중심으로 우뚝 설 수 있었습니다. 개교 10주년을 맞이해 그들에게 고마움의 인사를 전하지 않을 수 없습니다. 더욱더 잘 살아라. 안녕!

5부

나자로야, 이리 나오너라

내가 버리지 못한 것

지인들이 종종 내게 말한다.

"신부님, 학생들 때문에 고생 많으시지요?"

그들은 내가 맡고 있는 학생들이 일반 학생들과 다르다고 생각하므로 걱정을 더 한다. 성인인 어른들을 양질과 악질로 구분하는 것은 당연하지만, 자라나는 미성년자들을 미리부터 단죄하듯 긍정과 부정이라는 말로 구분지어 놓는 것은 바람직하지 않다.

어른들은 아이들이 말 잘 듣고 공부 잘하면 착한 학생, 그렇지 않으면 나쁜 학생 정도로 매도한다. 어른들이 자라나는 청소년들을 넉넉하게 바라보지 않고 고정된 잣대로 구분할 때면, 나도 모르게 청소년 옹호자가 되어 어른들의 잘못된 생각을 고쳐주고 싶은 마음이 생긴다.

늦은 오후 한 학생과 산책을 떠났다. 학교생활에 대하여 묻기도 하고 졸업생들의 이름들을 하나하나 떠올리며 그 선배들에 관해 이야기도 나눴다.

그 학생은 내가 듣기 좋아할 만한 이야기를 해줬다.

"참 흥미로운 학교입니다. 여러 경험을 하게 되고 자발성에 발동이 걸리면 훌륭하게 변하게 하는 학교입니다…… 선배들의 성격이 아주 독특했습니다. 개성이 튀고 너무 강했지요.

어떤 선배는 우리가 견디기 힘들다고 느껴질 정도로 카리스마가 있고 리더십이 뛰어났어요. 어떤 선배는 자발성을 가진 대안학생답게 3년 동안 조금도 흔들림 없이 강인함과 추진력을 보여주었어요. 또 어떤 선배는 움직이지 않고 늘 소극적인 것처럼 보였지만, 실제로는 우리 후배들에게 잘 해주었고 썰렁 개그를 하며 친근하게 다가와 주었습니다.

전부 멋진 선배들이라서 다음에 다시 만나면 다들 더 멋있게 변해 있을 겁니다."

나는 몇몇 선배의 이름을 거론할 때면, 그 학생이 부정적인 반응을 보일 것이라고 예측하고 있었다. 그런데 내 예상과 달리, 그 학생은 "모두들 멋있는 선배들이었지요."라는 긍정적인 이야기를 들려주었다.

학생의 말을 들으면서 나 자신이 내심 부끄러워졌다. 나는 일부 졸업생들을 기억에서조차 떠올리기 싫었으므로 더 그랬다. 나는 학생들을 사랑한다고 하면서도 때로는 사랑하지 못했다. 정형화된 모범의 잣대를 학생들에게 들이대고는 그 틀 속에 학생들이 들어있지 않을 때면 미워했기 때문이다.

선배들과 부딪히며 감당했어야 할 일들이 지금도 그 학생의 기억 속에 남아 견디기 어려울 텐데, 미운 기색 하나 없이 오히려 넉넉하고 긍정적인 평을 들려주어 무척 성숙하게 느껴졌다. 사랑한다는 것은 무슨 의미가 있을까?

"너희 기쁨이 충만해질 것이다."요한16:24라는 예수님의 말씀이 떠오른다. 사랑한다는 것은 차별을 두거나 구분하지 않고 대함으로써, 모든 이가 '기쁨으로 가득 차게 하려는 뜻'이 있는 것이다. 사랑의 참의미를 보게 해주시는 성령님께 성령강림대축일을 맞아 인사를 드린다.

물이 포도주로 변하는 과정

예수님이 카나에서 혼인잔치에 초대되셨을 때 그분은 첫 번째 기적요한2:1-11을 행하셨다. 맹물을 맛 좋은 포도주로 변화시킨 기적이 그것이다.

니고데모와의 대화요한3:1-21, 사마리아 여인과의 대화요한4:1-30, 제자들과의 대화요한4:31-6:59 등으로 이어지는 예수님과의 친밀한 대화는, 맹물 같던 인간을 점차 맛 좋은 포도주 같은 풍요로운 인간으로 변화시키고 있다.

오늘 예수님이 우리에게 해주시려고 하는 것은 무엇일까? 이 질 문에 대한 답이 될 만한 말씀을 찾아냈다.

"나는 양들이 생명을 얻고 더 얻어 풍성하게 하려고 왔다.요한10:10"

영적 성장과 성숙의 극치는 예수님의 부활에서 집약된다. 문제를 가지고 있던 제자들이 힘 있고 소신 있게 살아가는 모습 속에서 부활 신앙의 완숙함을 느끼게 되는 것이다.

또한 "의회에 잡혀들어 갔을 때 제자들은 예수님 때문에 얻어맞고 모욕을 당하게 된 것을 특권으로 생각하고 기뻐하면서 의회를 물러 나왔다. 사행5:41"는 말씀을 통해 제자들이 이제는 더 이상 용기를 잃고 두려움에 떠는 겁쟁이들이 아니란 것을 알 수 있다.

그들은 부활 신앙에서 얻어낸 생명의 풍요로움으로 하느님을 향하는 동시에, 고달픈 인간 세상을 향해 창조 에너지를 무한대로 발산하는 그러한 생명의 포도주가 된 것이다.

나는 문제아들을 만나 풍요로운 맛을 내는 인간이 될 수 있도록 다듬어가는 교육을 하고 있다. 대안교육이란 무엇인가. 그것은 교사와 학생이 끊임없는 대화를 통해 하나가 되는 일이다. 그렇게 되기 위해서는 책임감을 갖고 부족한 인간 생명을 높이 들어 올려, 풍요롭게 만드는 작업이 필요하다.

예수님처럼 그들과 함께 먹고 마시고 뒹굴며 사랑의 관계를 맺고자 노력해야만 한다. 그리고 세상을 직시하고 올바르게 살아갈 수 있도록 가치 있는 지적 안목을 넓혀주어야 한다.

신앙인들은 "나는 하늘에서 내려온 살아 있는 빵이다. 요한 6:51" 라는 말씀을 어떻게 이해하며 살아가는가. 많은 이들이 이 말씀을 지식으로만 알고 있을 뿐, 그에 대해 차원 높은 영적인 안목은 갖고 있지 않은 것처럼 보인다.

신앙인들의 영적 안목을 넓혀주는 작업은 사목자들의 몫이다. 그리고 끈질긴 사랑과 관심 속에 보다 성숙한 인간관계를 맺게 되는 것이 그 결실이라 할 수 있을 것이다. 사목자는 신자들의 영적 안목을 넓혀주는 신앙의 전문가이기 때문이다. 그런데 오늘을 살아가는 사목자가 과연 그러하다고 할 수 있는지 모르겠다.

학교는 지금 지식 위주로 교육을 하고 있다고 비난을 받고 있다. 이 말은 교육 전문가인 교사가 학생들이 세상을 제대로 바라볼 수 있도록 교육하고 있는지에 관한 질책일 것이다.

대부분의 학교들은 대학만 가면 무용지물이 되어버리는 지식의 정도를 따져 학생을 서열화 시키고 있다. 그리고 열등감과 우월감 사이의 팽팽한 대치 구도 속에서 학생들을 병들게 한다.

우리 교회도 마찬가지가 아닐까? 세례를 받은 신자들의 지적知的 안목을 얼마나 높여주고 있는지 한 번쯤 생각해 봐야 할 것 같다. 대부분 신앙교육을 끝내고 난 직후에는 신앙의 정도를 지켜본다. 열심인 신자, 냉담신자, 중도 탈락 신자, 문제 신자 등으로 분류하여 몇 번 방문한 후 반응이 없으면, 일부 신자를 문제 신자로 몰아붙여 상처를 주고 낙오자로 만들고 있지는 않는가.

교회도 대안을 마련해야 한다. 대화가 없는 교회공동체에서 관계가 친밀하지 않다는 이유만으로 문제 신자로 만들어 버리고, 그 결과를 보며 신세타령을 해서야 되겠는가. 교회 쇄신을 위해 사목자들의 분명한 대안이 있어야 하겠다.

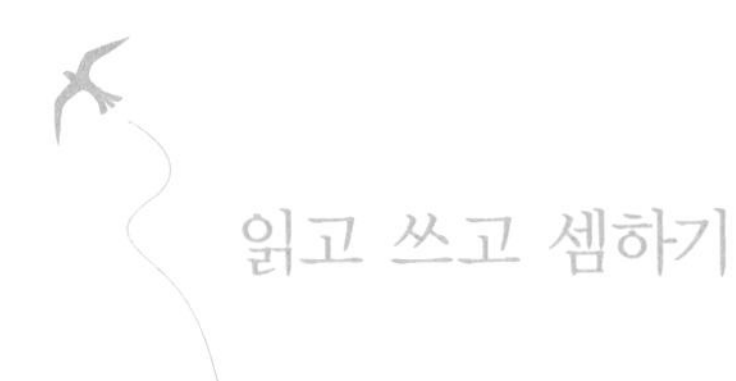

읽고 쓰고 셈하기

간혹 고등학교에 다닌다는 녀석이 기본적으로 읽고 쓰고 셈하기를 못하는 것을 보면 빈정거리지 않을 수 없다. 한 대학교수가 내가 그들을 흉보는 걸 듣더니 옆에서 거든다.

"요즘 대학생들 답안지를 보면 만점에 5점을 주기도 아까운 학생들이 많습니다."

공부를 게을리해 분야별로 무식한 사람들이 너무 많다는 것이다. 그런데 그의 말을 듣다 보니, 자신을 살피지 않고 무심코 남을 빈정거렸던 숨겨둔 나 자신의 부족함을 들킨 것 같아 얼굴이 화끈 달아올랐다.

때는 부활을 맞이하고 있지만, 우리의 신앙은 여전히 성탄 시기에 머물러 있다. 성탄일에는 온통 떠들썩하다가도, 신앙의 정점인 예수님의 십자가와 죽음과 부활을 면하게 되면 그 의미가 무엇인지 몰라 애매모호한 표정을 짓게 되는 것이 신앙인들의 현주소라고 하면 지나친 표현일까.

"이 날은 주님께서 마련하신 날, 이 날을 기뻐하자. 춤들을 추자. 알렐루야! 알렐루야!"

정말 부활 신앙에 가까이 다가가 춤을 출 만큼 신앙인들이 성숙한가.

부활을 체험한 베드로 사도는 앉은뱅이를 일으켜 세운다. 구걸하는 앉은뱅이에게 "내가 줄 수 있는 것은 이것입니다. 예수 그리스도의 이름으로 걸어가시오" 하며 오른 손을 잡아 일으켰다. 앉은뱅이가 벌떡 일어나 걷기 시작하였다니, 실로 놀라운 기적이 아닐 수 없다.

제자들이 예수님처럼 생명을 일으켜 세우게 된 대단한 동력은 무엇일까? 신앙인의 에너지는 성탄에서 비롯되어 완성된 부활 신앙에서 창출된다.

이제 또 다시 부활을 맞이하고 있다. 읽고 쓰고 셈하기를 못한다고 학생들을 빈정거리던 내가 자신의 부족함을 깨닫게 된 후부터는 남에 대한 막연한 빈정거림을 멈추게 되었다.

부위별로 다 맛있는 신앙생활이 되어야 하는데, 신앙인으로 살아오면서 그 에너지를 창출할 만한 깊고 진한 신앙의 맛이 없음에 놀란다.

매일 미사 봉헌, 복음말씀 봉독, 성체 나눔을 하면서도 십자가를 지고 그분과 함께 살지 못하고 세월 따라 소경과 벙어리로 살아왔으니, 큰일이 아닐 수 없다.

예수님이 즐겨 하시던 말씀이 있다.

"진실히 진실히 이르노니 정말 잘 들어두어라, 들을 귀가 있는 사람은 알아들어라."

이제 눈을 크게 뜨고, 귀를 활짝 열어젖히고 예수님의 삶을 구체적으로 체험하는 공부를 해야겠다. 각 부분별로 너무 무식하니 부활이라는 참 맛이 없을 수밖에…… 공부를 게을리하여 신앙의 정점에 다다르지 못한 교회는 도처에서 중도 탈락자와 냉담자들을 만들어 낼 수 밖에 없을 것이다.

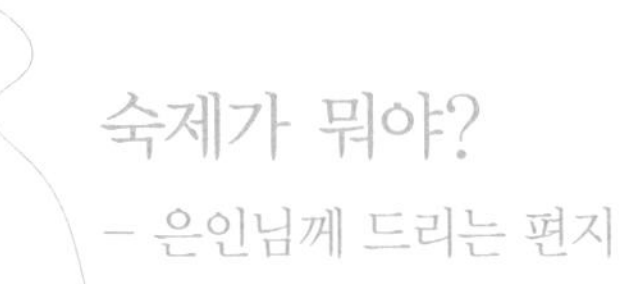

숙제가 뭐야?
– 은인님께 드리는 편지

7월 하순, 방학을 맞은 학생들을 집으로 돌려보내고, 텅 빈 학교를 지키며 40일을 지냈습니다. 그 사이, 지루하게 쏟아지는 폭우 때문에 전국이 상처를 입었습니다. 혹시라도 강물이 범람해 학교에 피해를 입히게 되지 않을까 두려워 내내 마음을 졸였습니다. 그러면서도 잠시 불볕이 폭염을 뿜어댈 때면 시원한 소나기 한 자락 내리지 않는다고 가끔씩 불평을 터트리기도 했습니다.

그러던 어느 날이었습니다. 소나기가 한 줄기 쏟아지자 밭에서 일하던 농부가 얼굴을 적시는 빗줄기를 훑어내리며 손을 높이 치켜들고 덩실덩실 춤을 추는 모습을 우연히 보게 되었습니다. 그 모습을 보며 그동안 쏟아내던 불만이 씻은 듯이 사라져버렸습니다.

올 여름은 유난히 비가 많이 내리고 무더웠습니다. 이 더위에 은인님 가정은 편안하신지 궁금합니다. 이렇게 살아 있다는 것만으로도 감사해서 저절로 두 손이 모아지며 하느님께

기도를 드리게 됩니다.

지난 학기 중에 피곤하고 계속 졸려서 병원에 갔더니, 혈압과 간 수치가 높다며 의사선생님이 약 처방을 해주셨습니다. 그러나 저는 먹으라는 약은 먹지 않고 아카시아 꽃이 한창일 무렵 챙겨놓은 꿀단지를 보며 연일 한 숟갈씩 퍼먹었습니다.

그랬더니 당뇨 판정을 받게 되었고, 간 수치는 더 높게 치솟았습니다. 덕분에 방학 내내 건강을 위해 매일 아침과 저녁마다 10km 이상씩 열심히 걸었습니다. 귀찮을 때도 있었지만 막힘은 없었습니다. 그 덕분이었을까요. 방학이 끝날 무렵에는 늘어지고 피곤했던 몸이 가을 하늘처럼 맑아진 듯합니다.

목표를 세워놓고 차근차근 이뤄 나가다보면 삶이 즐겁고 기쁘지 않을 수밖에 없습니다. 의사도 놀라며 칭찬해주었습니다. 기분이 좋아 하느님께 감사드렸습니다.

은인님도 무더운 여름을 지내며 기쁨을 체험하셨다면, 함께 나눌 수 있도록 들려주시기 바랍니다. 기쁨의 이야기를 듣고 싶습니다.

처서가 지나고 한낮의 해가 지면, 골짜기에서 불어오는 바람이 벌써 서늘합니다. 그 사이로 풀벌레들의 자연음이 조화를 이루며 가을 연주를 시작했습니다. 멀리 떠나 여름을 불태운 학생들의 개학 소식이 들려옵니다.

한 학생은 내내 놀다가 이제야 뒤늦게 밀쳐놓은 숙제가 생각난 모양입니다. 그 학생은 거두절미하고 학교 홈페이지에다

한 마디 써놓았습니다.

"숙제가 뭐야?"

이 버릇없는 녀석이 미니홈피에서 하듯이 예의를 차리지 않고 글을 올려놓은 것입니다.

"정신 차려라! ……"로 시작되는 긴 문장을 내가 남겨놓자, 그 녀석은 이내 꼬리를 내렸습니다.

깊은 방학을 지나 학교도 서서히 잠에서 깨어나고 있습니다. 그리고 이렇게 다시 가을을 맞이하고 있습니다.

은인님, 감사드리고 또 감사드리며 인사드립니다. 하느님의 축복을 전하며 건강과 평화가 가득하시길 기원합니다.

깡통 소리에 대한 단상

빈 깡통을 냅다 걷어찬다. 한 번 발길질 하면 나뒹구는 파열음에 신이 나서 이곳저곳 더 발길질을 해댄다. 평화스런 산골이 아이들이 내는 시끄러운 소리로 난청지역이 되어버렸다. 어린 시절에 고운 소리 한 번 듣지 못한 채 내쫓겨, 이리 채이고 저리 채이다가 머리가 굵어지면서 빈 깡통이 되어 버렸나 보다.

에잇, 열여덟, 왕왕, 으르렁대는 소리, 쌍소리가 퍼진다. 학생들이 괴성이 섞인 절규를 토해내고 있어서 야단치듯이 물어보았다.

“살아오면서 음악시간에 발성 연습을 한 적이 없니?”

“뭔 소리요?”

나를 뚫어져라 쳐다보더니 귀청이 뚫어져라 마음을 후벼 파는 한 토막 괴성으로 악을 쓴다. 어린 시절, 사랑이 담긴 부모의 소리를 듣지 못하고 자라난 아이였다. 부모가 빈 깡통이었던 거다. 날마다 요란한 파열음을 들려주며 어린 녀석에게 왕왕대며 빈정거리고 야단을 쳤을 게 뻔하다.

어른의 빈 깡통소리는 더욱 커져갔고 자녀는 난청이 되어버렸다. 세상은 온통 깡통소리로 뒤덮였다. 세상은 정작 깡통 어른은 나무라지 않고 아이들만 발길질했다. 이리 채이고 저리 채여 빈 깡통소리는 더 요란해졌다.

빈 깡통이 자라다가 산속으로 이사 왔다. 해야 할 일은 잊은 채 여전히 엎어졌다 일어났다 반복하며 깡통이 비틀어지는 소리를 내며 지냈다. 나는 아름다운 음악을 들려주고 싶었지만, 난청인 귀에 거슬린다며 화를 내고 깡통소리가 더 좋다고 아우성이었다.

그러던 어느 날부터 산골 보금자리에서 사는 그들에게 새소리, 물소리, 바람소리가 들리기 시작했다. 난청을 벗어난 그들에게 자연과 어우러진 가곡이 들리기 시작한 거다. 이젠 아무도 그 소리가 싫다며 거부하지 않았다. 빈 깡통들은 자기 자신을 보고 소스라치게 놀라지 않을 수 없었다. 질 높은 자연소리를 들었다며 얼마나 기뻐했는지 모른다.

미술시간에도 깡통소리가 났다. 원색으로 도배해 놓은 그림을 보니 두려움마저 느껴졌다. 깡통을 나무라지 않을 수 없었다.

"미술을 공부한 적이 없니?"

"뭔 소리요?"

힐끗 고개를 들고 쳐다보더니, 애써 보답이라도 하겠다는 듯이 원색으로 칠한 선정적인 그림으로 확실한 답을 해주었다. 그러던 깡통이 원색의 물감을 버리고, 산뜻한 풍경화를 그려 놓았다. 깡통은 자신이 그려 놓은 풍경화를 보다가, 스스로 놀랐다. 화폭에는 하늘, 산, 바람소리가 담겨 있었다. 생명을 담은 아름다운 그림이었다.

텅 빈 성당, 언제나 예수님은 혼자 계셨다. 이곳을 찾아온 그 날부터 깡통은 이 고요함이 몸서리치도록 싫었다. 난청인 깡통이 질러대는 소리에 하느님도 말문이 막혀버렸다.

"너 신자 맞니?" 빈 깡통을 걷어차듯 한 마디 했다.

"뭐요?" 저주라도 할 듯이 뚫어지게 쳐다보더니 사라져버렸다. 깡통은 시간이 조금 지난 후, 위층에서 들려오는 '쿵쾅' 심통 부리는 소리로 대답을 해주었다.

그러던 어느 날, 잠을 자다가 소스라치게 놀라 일어났다. 은은하게 들려오는 성가 소리가 나를 깨운 것이다. 어느새 성당은 아이들로 가득 찼고, 아름다운 목소리로 하느님을 찬미하고 있었다.

교육은 무엇인가. 생음악으로 들려주는 아름다운 가곡이나 성가 부르는 소리, 자연의 소리로 인간을 만들고자 노력하는 것이다. 그리고 질 높은 교육이란, 하느님을 향해 나아가며 하느님의 소리를 듣도록 해주는 모든 노력이다.

빈 깡통 나뒹구는 소리가 사라지고 고요가 깃든 산 속 마을은 정감 있는 소리로 넘쳐났다. 아이들이 성당을 가득 메워 미사를 드리고, 하느님의 말씀을 듣는다. 교정을 파고드는 가곡이 아침공기처럼 신선하게 마음을 채운다. 성숙하고 아름다운 소리로 가득 채워지니, 깡통소리는 저절로 아득히 멀어져 갔다.

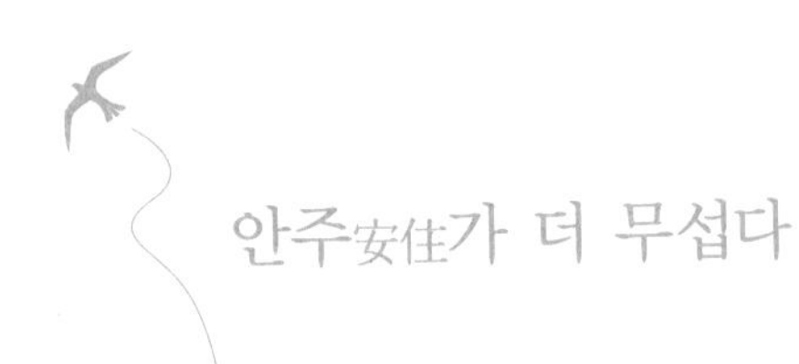

안주安住가 더 무섭다

한국어사전에 '방종'은 '아무 거리낌 없이 제 마음대로 놀아먹음'으로, '안주'는 '둥지를 틀고 편안하게 지냄'이라고 정의하고 있다.

인생은 순례의 여정이다. 순례자는 분명한 지향과 목적이 있다. 순례자는 고통과 직면할 때라도 목적을 이루기 위해 끊임없이 도전 의식을 지니고 살아간다. 그런데 사노라면 아무 목적 없이, 때론 목적을 잊고 방종하며 안주할 때가 있다.

'방종'은 힘들지만 변화될 가능성이 있다. 아무 거리낌 없이 제멋대로 놀다가도 마음만 잡으면 본연의 자세로 돌아오기 때문이다. 문제는 '안주'이다. 정체성에서 비롯된 초발심은 온데간데없고 목적을 잃은 채 편안하게 지내는 삶이 사실 더 무섭기 때문이다.

우리 아이들의 생활을 보면 천하태평이다. 늘 아이들에게 던지는 질문이 있다.

"오늘 뭐하고 지냈니?"

1학년부터 3학년까지 공통적으로 하는 대답이 있다.

"그냥 지냈어요."

늘 그냥 지내왔기에 여전히 그냥 지냈다는 것이다. 목적이 없으니 아무런 가치 없이 시간을 날려버리고 있는 셈이다. 그런데 선생님들이 조금만 도와주면, 마음을 잡고 학생의 신원으로 돌아와 기쁜 모습으로 살아간다. 방종했던 아이들은 뿌듯한 마음을 갖게 되고, 지도한 교사는 보람을 느낀다.

그렇게 보면, 안주는 방종보다 더 골칫거리다. 오늘은 늘 새로운데 우리 삶이 변하지 않는 것이다. 나의 신원에 대한 목적과 지향이 확인되어야 하는데, 자기를 과거에 고정화 시켜놓고 편안함에 몸을 기대고 있는 것은 옳지 않다.

변화하는 삶에 적응할 수 있도록 항상 새로운 대안을 마련해야 한다. 나이가 들고난 다음에 지나쳐버린 시간을 아쉬워하며 헛살았던 과거를 후회한들 무슨 소용이 있겠는가.

매일 매일, 철저한 자기반성과 새로운 시작의 기도가 필요하다. 오늘의 시간이 답습되지 않도록 기도해야 한다. 오늘을 주신 하느님께 감사드리며 내가 지니고 있는 나의 정체성에 관하여 최선을 다해 지향과 목적을 드리며 살아가야 할 것이다.

고통스러웠던 시간은 나를 결코 안주하게 하지 않았다. 그 시간은 나 자신을 일으켜 세우며 방종하는 이들을 위해 내가 어떤 일을 할 수 있을지 늘 생각하게 했다. 그런데 모든 것이 마련되고 고통이 줄어들 때, 다이얼 끄듯이 생각을 꺼버리고 안주하게 된다.

안주는 방종보다 더 무섭다. 성서에서도 광야에서 고통을 통한 여정을 맛보게 한다. 그 여정 속에서 고통과 직면하게 되지만, 그 덕분에 늘 신선한 날들을 맞이하며 하느님과의 만남을 통해 우뚝 설 수 있게 되는 것이다.

안주하지 않기 위해 날마다 반성하고 새벽을 깨우며 새날을 맞이해야 한다. 대안학교에 근무하는 구성원은 모두 고통 속에서 값진 진주를 찾아낼 수 있도록 깨어 있어야 한다.

자기 발전을 위한 고통이 없다면, 안주해버리겠다는 속셈이다. 삶과 직면하며 끊임없이 고통과 부딪쳐야 한다. 우리의 삶은 결코 안주하는 삶이 아니라는 것을 잊어서는 안 되겠다.

갈등

청소년 이야기를 하다가 갈등에 대한 말이 나왔다.

"신부님! 갈등이 무엇인지 아십니까? 칡나무 갈葛과 등나무 등藤의 합성어입니다."

공식 방문한 수녀원 관구장 수녀님이 알려주었다. 다른 나무를 귀찮게 얽어매고 있는 칡과 등나무를 떠올리자 갈등이란 단어를 실감할 수 있었다.

모두 살아가면서 갈등을 겪는다. 갈등은 고통이지만 필수적이다. 적당히 갈등하면 좋으련만 죽음에 직면할 정도로 갈등할 때도 있다. 그런 경우 내가 노력하여 벗어던지든지 남의 도움으로 벗어지든지 해서 홀가분한 마음으로 살아가길 바란다.

아침저녁으로 산책을 나가는 것은 나의 일과 중의 하나이다. 그런데 산책을 하다보면 답답함을 느낄 때가 많다. 칡넝쿨이 감고 있는 나무를 보면 마치 나를 휘감고 등짝을 짓누르듯 답답해서 쳐다보기조차 싫어질 때가 있다.

콩과식물이라 번식력이 얼마나 대단한지 모른다. 주인에게 달라붙은 넝쿨을 사정없이 베어버리지만, 돌아서면 다시 그 주변을 덮어버리곤 한다. 산 하나를 다 덮어버리고 말 것 같다는 느낌이 들어 낫을 들고 덤벼들어보지만 뿌리를 뽑지 않는 한 한계가 있다.

등나무는 또 어떤가? 왼쪽으로 감고 올라가는 탓에 재수가 없다며 집안에 심지 않는 나무이다. 운동장 주변에 산을 삼켜버릴 듯이 자라는 등나무는 얼마나 번식력이 뛰어난지 무섭기까지 하다.

다행히 주변에서 칡과 등나무가 함께 엉켜 자라는 모습을 아직은 보지 못했는데, 만일 그 두 놈이 함께 감고 싸움질이라도 한다면 정말 볼만할 것이다.

누군가 말한다. '갈등하는 사람은 아름답다'고 말이다. 하지만 산을 삼키는 칡넝쿨과 등나무 때문에 건강한 나무들이 고목이 되어 죽어가고 있는 모습을 보게 된다면, 이 말을 쉽게 하지는 못할 것이다.

청소년들의 갈등, 그 무엇이 그들의 정신과 육신을 칭칭 감고 올라가 자유롭지 못하게 만드는 것일까? 그 원인을 제거해 주고 싶다.

지식의 본질은 지혜에 대한 사랑으로 연결되고 결국 하느님을 만나 참 인간이 되는 것으로 통한다. 그런데 오늘날의 지식은 하나의 수단일 뿐이며, 인간을 인간답게 만드는 것이 그 목적이 아니다. 그러기에 알고 있는 지식을 일회용으로 쓰고 나서 헌신짝처럼 버리기도 한다.

너무 분주하게 움직이는 탓에 자기를 돌아볼 시간조차 없는 사회는, 실속이 없다. 가정에서도, 학교에서도, 심지어 교회에서도 삶의 이야기를 점차 나누려고 하지 않게 되었다.

삶 속에서 지식을 꺼내고 지혜를 사랑하는 교육이 되어야 하는데, 모두 쓰레기 버리듯 살고 있으면서 남 탓만 한다. 가정은 학교를, 학교는 가정을 탓한다. 요즘은 부모나 교사가 제 몫을 못하니, 종교인들을 몰아세워 삶이 없는 교회를 만들고 있다며 사목자를 야단친다. 이런 것들을 보고 있으면 답답해진다. 갈등이 있는데도 그것을 해결해줄 대책을 선뜻 내세우지 못하기 때문이다.

생명이 되는 대책이 있을 때만이 갈등은 아름다운 것이 될 것이다. 모범생인 어른들이 갈등하는 청소년들을 만난 적이 없는데 어떻게 그들을 제대로 읽고 대책을 세울 수 있겠는가?

초코파이 • 3.14 • π

칠판에 원을 하나 그려놓고, 그 옆에 3.14와 원주율 기호 파이π를 써 놓았다. 한 학생에게 하나하나 짚어가며 이것들이 무엇이냐고 물었더니, 배가 고팠던지 초코파이라고 대답했다. "다른 것도 알고 있니?"라고 물으니 고개를 갸우뚱거리며 생소하다는 듯이 침묵했다.

인간이 추구하는 하위 가치가 먹고 마시며 잠자는 것임을 부인할 수는 없다. 그런데도 갑자기 학생의 답변에 씁쓰레한 느낌이 들었다. 아이들은 그렇다 치고 이순耳順을 사는 사람인데도 여전히 하위 가치 타령을 하는 것을 볼 때는 더욱 안타까운 느낌이 든다.

하위가치만을 추구하며 살아가는 사람은 '생명의 빵'이 갖는 의미가 무엇인지 도저히 감을 잡을 수 없을 것이다. 인간교육 중 가장 중요한 신앙교육은 '생명의 양식'이신 예수님을 통해 성숙해지고자 하는 줄기찬 노력이다. 또한 예수님을 통하여 하느님을 만나, 알아 뵙고, 하느님과 함께 이루어 가는 영적 성장의 과정이다. "너희의 선생님은 그리스도 한 분뿐이시다."마태 23:10 우리의 유일한 스승이신 예수님은 말씀과 행동으로 자녀를 가르치면서 상위의 가치로 이끄신다. 우리도 성체를 모시다가 예수님이 '생명의 빵'이라는 것을 고백하게 될 것이다.

'생명의 양식'을 모신 덕분에 우리 영혼이 빛나면 가치는 상위로 상승하고, 나는 또 다른 '생명의 빵'으로 태어나게 될 것이다. 초코파이를 뛰어넘어 더 높은 가치로 상승할 때까지 '생명의 양식'이신 예수님을 더 자주 만나야 한다.

정말 맛 좀 볼래

인간은 참 똑똑한 것 같은데 어리석다. 왜냐하면 늘 살고 나서 후회하기 때문이다. 자녀가 속을 썩일 때면, 아이를 원망하거나 혹은 부부가 서로 당신을 닮아 그렇다고 책임을 미룬다. 아이가 가출하고 등교 거부를 할 때면 부모의 고통은 극에 달한다. 부모는 자녀를 강제로 바로 잡으려 해보지만 아이가 변화할 리 없다.

부부학도 자녀교육론도 공부하지 않으면서 부모가 자녀에게 해 주는 것은 '해라', '하지 마라'라는 말 뿐이다. 그리고 대부분의 사람들이 말썽부리는 아이를 보면 문제아라고 단정부터 짓고 본다.

좀 다르게 생각해 보자. 자녀가 학교나 가정에 적응하지 못하는 것은 철부지 부모에게 성숙하게 변해달라고 보내는 신호이다. 이때 부모가 자녀를 남과 비교하거나, 실망스럽다는 듯이 비난을 하게 되면, 큰 상처를 주는 일이다.

아이가 외친다. "정말 맛 좀 볼래?" 이것이 아이들의 솔직한

심정이다. 아이들은 부모를 변화시키고 싶어서 가출하고, 등교 거부를 한다. 자녀가 가져다 준 고통은 부모를 십자가에 매단다. 십자가를 관통한 부모는 자녀를 기다리고 칭찬하고 관심과 사랑으로 격려해주며 어깃장을 풀어야 한다. 부모는 자녀를 위해 십자가를 지고 사는 사람들이다.

하느님께서도 인류를 위해 생 속을 썩으시며 십자가를 지셨다. 그분이 십자가에 높이 올려질 때 비로소 어리석은 인간들은 깨닫는다.

"참으로 이분은 하느님의 아드님이셨다."마태27:54 부모님이 십자가에 들려 높여질 때 비로소 자녀는 성숙한 어른이 되어 부모가 되고, 자기 자녀를 기를 수 있게 될 것이다.

사람의 역사가 그렇게 많이 지났는데도 여전히 되풀이 되고 있으니 참으로 어리석다.요한3,7,8-15

더 큰 공부

수많은 청년들이 있어도, 그 중에서 신자다운 신자를 만나는 것은 쉬운 일이 아니다. 요즘 부모들은 자녀를 공부시킬 욕심으로 중학교 졸업과 동시에 신앙교육도 졸업시켜버린다. 이렇게 시작한 냉담은 대학을 졸업하고 난 후에도 이어진다.

구직란에 '신자를 찾는다'는 문구를 넣어 광고를 내면, 그러한 자녀들이 교적을 들고 나타난다. 그리고 취직은 하고 싶지만 신앙의 흔적이 전혀 보이지 않으니 자기도 미안한지 머리를 긁적인다. 몇 년째 신앙을 반납해버린 덕분이다.

그 청년은 불이익에서 벗어나려고 애써보지만 너무 늦었다. 생명의 성장과 성숙은 매 단계를 정성껏 거치지 않으면 언젠가는 심각한 손상을 입는다는 것을 알 리가 없다.

부모는 자녀가 말 잘 듣고, 책상머리에 하루 종일 붙어 앉아 있으면 착한 아이로 여긴다. 하지만 자녀가 성당에서 친구들과 하루 종일 지내는 것은 불안해한다. 자녀가 배낭을 메고 '세상은 넓고, 할 일이 많다'는 것을 몸소 체험하기 위해 쏘다니면, 부모는 속에서 불이 난다.

그런데 언제인가부터 부모가 착하다고 생각한 아이가 점차 사회에 대한 적응력이 떨어지고 시야도 좁아져 실패를 경험하게 된다. 그러면 부모는 돌변한다.

"너는 왜 바보 같이 그것도 못하냐?"며 그동안 해왔던 칭찬과 전혀 다른 질책을 자녀에게 던진다.

언젠가는 자녀를 보고 '착한 아이'라고 하더니, 이번에는 똑같은 상황인데도 '바보'라고 야단친다. 이런 부모의 이중적 태도에 청소년들은 중심을 잡지 못한 채 갈등하고 고민한다.

자녀가 공부를 열심히 하도록 이끌어 주는 것은 부모가 당연히 해야 할 일이다. 하지만 너른 세상을 통하여 좋은 경험을 쌓고 발전해 가도록 도와주는 것 역시 부모가 해야 할 일이다.

"썩어 없어질 양식만을 위해 공부시키는 것, 이것은 진정한 교육이 아니다. 길이 남아 영원한 생명을 누리게 하는 양식도 풍성히 얻으려 힘쓰는 것은 더 큰 공부이니라." 요한6:27

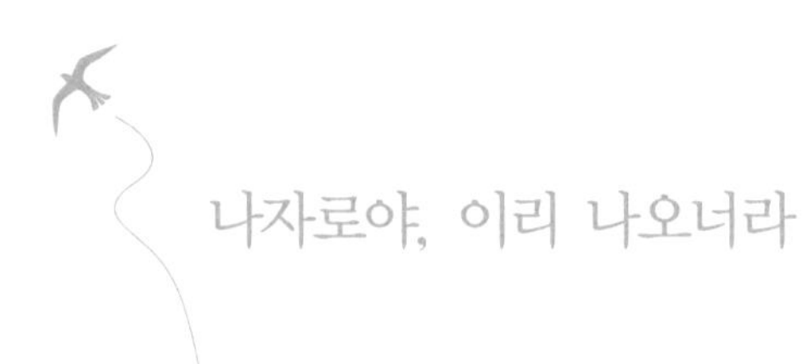

나자로야, 이리 나오너라

"나는 부활이요, 생명이다. 나를 믿는 사람은 죽더라도 살고 또 살아서 나를 믿는 모든 사람은 죽더라도 살고, 또 살아서 나를 믿는 모든 사람은 영원히 죽지 않을 것이다." 요한11:25-26

죽음 후 이미 부패가 진행되고 있어서 더 이상 생명을 가진 자라고 할 수 없는 절망의 나자로를 향해 예수님은 "나자로야, 이리 나와라." 하고 명령하신다. 그러자 나자로는 곧 무덤에서 살아나온다. 또 예수님께서는 나자로의 죽음을 슬퍼하며 절망으로 치닫는 사람들에게, "그 병은 죽을 병이 아니라 하느님의 영광을 위한 것입니다" 요한11:4라고 말씀하신다.

새 학기가 시작되어 고등학교에 갓 입학한 새내기 학생들의 모습을 보면 영 서툴고 어색하다. 그리고 장난기 가득한 꾸러기들이 힘의 우위를 놓고 탐색전을 벌이고 있는 그 속에서 긴장된 표정이 묻어난다.

이 철부지들은 윤리다, 도덕이다 하는 불편한 단어보다 자기 목소리를 내며 우위를 확보는 것이 더 중요하다. 이는 아이들이 성장하는 과정에서 피할 수 없는 한판 승부이기도 하다.

학교는 3월의 날씨처럼 변덕스럽다. 잔잔한 호수처럼 편안하기도 하고 가끔 강풍이 이는 것 같기도 하다. 또 뿌연 황사로 뒤덮인 것 같은 학생들의 마음을 읽지 못해 어른들이 힘들어하기도 한다.

입학하자마자 여러 아이들이 한 아이를 놓고 자기들을 비난했다며 외톨이로 만들었다. 마음이 버거워진 외톨이는 엄마에게 학교에서 있었던 일을 생중계했다.

“엄마, 아이들이 나를 따돌렸어. 너무 힘들어.”

다수로부터 상처받은 자녀가 염려되어 엄마는 학교를 신뢰하지 않고 전학하기를 바랐다. 입학한지 일주일밖에 안됐는데 제대로 한 번 이겨내 보지도 않고 단념하겠다는 절망적인 말을 들었을 때, 황당했다.

그럴 때 내가 그런 부모의 결정을 앞에 두고, ‘그렇게 하라’며 존중하듯이 일축해버릴 수도 있다. 그러나 그렇게 하는 것은 내 역할이 아니다. 그래서 나는 학교를 믿고 다함께 이 어려움을 극복해보자며 열심히 부모를 설득한다. 그 과정에서 외톨이 학생의 부모가 자기 자녀만 두둔하고 동료 아이들을 탓하는 듯한 느낌이 그대로 내게 전해져 와서 씁쓸할 때가 많다.

학생의 결정은 그렇다 치더라도, 자식 말만 듣고 쉽게 전학을 결정한 부모를 나는 나무라고 싶다. 부모는 자기 자녀에게 분명하게 말했어야 했다. “애야, 이 병은 죽을병이 아니다. 참아보렴.”

때론 피하고 싶을 만큼 견디기 어려운 상황이라 하더라도 부모는 자녀의 성장을 위해 적극적으로 공동체와 부딪쳐보라고 권해야 한다. 어려움을 견뎌내며 지내다 보면 어느 사이에 적응해 인간관계도 좋아지고 성숙해질 테니까 말이다. 이 결과는 하느님께 영광이 되고 자신에게도 영광에 이르는 지름길이 되어줄 것이다.

부모는 자녀의 일을 어느 정도 모르는 척하며 지낼 필요가 있다. 성장통을 홀로 꿋꿋하게 겪어낸 자녀가 아름다운 모습을 보여줄 때 비로소 '아, 이는 과연 죽을 병이 아니라 하느님의 영광을 위한 것'이었음을 깨닫게 될 것이다.

신앙인들이 생명과 죽음의 주관자이신 예수님을 신뢰하고 사는 것처럼, 자녀를 학교에 맡긴 부모라면 '사랑의 학교'를 신뢰하며 살아야 한다. 자신과 학교를 믿고 노력할 때, 자녀도 부모도 다함께 생명의 부활을 노래할 수 있을 것이다.

부모들이 아이들 문제에 보다 성숙한 판단을 내리기 바란다. 부모가 자녀를 사랑하는 것은 당연하다. 하지만 사랑이 지나쳐 자녀를 학교 밖으로 꺼내어 가는 것은 하지 말아야 한다.

절망에 빠진 사람에게 "나자로야, 이리 나오너라"라고 말씀하심으로써 생명이 되어주신 구세주 예수님처럼 나도 그들 부모와 자녀를 열린 세상으로 불러내오고 싶다. 그리고 그들 모두에게 지금 겪고 있는 일이 죽을 병이 아니라는 것과 이는 '하느님의 영광'을 노래하는 과정이라는 것을 알려주고 싶다.

나다, 두려워하지 마라

지구 반대편에서 일어난 9·11테러로 많은 인명과 재산을 잃은 일에 대해, 사람들은 가슴 아파했다. 그러나 내 일처럼 심각하게 여길 수는 없었다. 이처럼 사람들은 남의 문제가 내 문제가 되었을 때 비로소 고통을 느끼게 된다.

어느 한 가정이 있다. 아버지는 실직하고, 아이는 집과 학교 밖에서 서성이고, 엄마는 집안 살림 걱정으로 정신을 차릴 수가 없다. 큰 바람이 일고 높은 파도가 이 가정을 덮치려고 하는 것 같다.

요즘 이러한 사정을 견뎌내지 못하고 이혼하는 가정이 얼마나 많은가. 그런데 이러한 고통의 위기를 맞이할 때, 누군가가 나를 위해 "나다, 두려워하지 마라."요한6:20라고 격려를 해준다면 그것은 환희요, 기쁨일 것이다.

하느님께 고통을 의탁하기로 결심한 아내는 분심 잡념을 떨치고 성당에 나가 레지오 활동을 하며 열심히 성체를 조배했다. 집으로 돌아와서는 실직한 남편의 어깨를 주물러주며 힘

내라고 격려해 주었다. 그리고 왕따를 당해 집으로 피신 온 아들 녀석에게 "애야, 피하지 말고 당당히 도전해라"는 말로 응원해 주었다.

그렇게 3년의 시간이 흐르는 사이 아빠는 직장을 구했고, 아들은 힘든 과정을 잘 극복해 대학에 진학했다. 그들은 기도와 사랑으로 어려움을 이겨내어 이제 가족이 바라던 도착점에 오게 되었다는 것을 깨달았다.

고통에 굴하지 않고 주님께 기도한 덕분에 그분의 음성을 들을 수 있었고, 콩가루 집안이 될 뻔 했던 가정은 행복이라는 도착점에 안착할 수 있게 된 것이다. 요한6:16-21

희망의 끈

주일 아침이다. 어제 부모님들과 나눈 대화를 떠올리며 미사 강론을 했다.

"아버지께서는 다른 보호자를 너희에게 보내시어, 영원히 너희와 함께 있도록 하실 것이다."요한14:15

예수님은 이 세상을 떠날 때가 가까워지자 아직 믿음이 부족한 제자들에게 보호자, 진리의 영을 보내주시겠다는 희망의 말씀을 들려주신다. 예수님께서는 그들이 부활에 대한 확신이 부족하다는 것을 알고 계시기에, 이번에는 확증을 굳힐 수 있는 희망의 메시지를 주시려는 것이다.

이 얼마나 하느님께 대한 든든한 희망인가. 인간이 하느님께 대한 신뢰가 부족하면 할수록 더러운 영이 작용을 하게 된다. 마귀는 인간이 하느님으로부터 멀어졌다고 여겨지면, 희망의 줄을 철저하게 끊어버린다.

부모는 자녀에게 희망이다. 그래서 희망이 되어주어야 한다. 부모들과 이야기를 나누다보니, 부모들이 자녀에게 갖고 있는 희망이 부족하다는 것을 느꼈다. 가끔은 자녀에 대해 거의 절망적일 때도 있었다.

어떤 부모들은 서슴없이 절망적으로 말한다.

"아이가 변하지 않아요."

"컴퓨터 중독이에요."

"놀기만 해요."

이 부모님들은 자녀에 관해 매우 부정적이다. 그래서 만날 때마다 끊임없이 답답한 속내를 드러내고 있다.

부모님들 마음에 진리의 영이 살아 있어야, 자녀들의 미래를 꿈꾸며 희망의 줄로 연결을 해 줄 수 있을 것이다. 그래서 나는 부모님들에게 일관되게 말한다.

"자녀는 훌륭하게 변할 것입니다."

이 말 속에는 부모가 자녀에게 끝까지 희망의 줄이 되어 주어야 한다는 뜻이 담겨져 있다. 부모가 얼마나 안달하고 참지 못했으면, 자녀들이 희망의 끈을 놓아버리게 되었을까 싶으니, 걱정스럽고 안타깝다.

부모는 자녀에게 종합적인 미래를 그려주며 풍요로운 생명이 되도록 '비난'보다 '칭찬'을 많이 해주어야 한다. 마귀 두목은 인간에게 다가와 하느님께로 향하는 희망의 줄을 모두 끊어 놓는다. 그것은 아주 달콤한 유혹으로 덧발라진 칼이어서, 그 칼날이 희망을 싹둑 잘라버리게 되는 것이다.

이처럼 마귀란 놈은 어른들 마음속에 들어와 성장하는 어린 생명에게 비난의 화살을 쏘게 하여 하느님과 연결된 희망의 줄을 철저히 끊어 놓는다. 그리고 쾌재를 부른다.

주님이신 예수님은 이 세상에 오셔서 인간 생명을 하느님의 생명이 되게 하기 위하여 끊임없이 희망의 줄로 연결시켜주셨다. 그리고 그럴 때마다 마귀의 권세는 더욱 커졌다. 십자가에서의 죽음으로 하느님께 향하는 희망의 줄을 끊어 놓으려고 한 것이다.

그러나 예수님은 우리에게 부활을 보여주셨고 이제 보호자이신 성령을 보내주시겠다고 하시니 얼마나 희망적인 말씀인가. 구원에 이르는 생명의 길이신 예수님은 성령을 통하여 인간의 마음 안에 생생하게 살아나 희망이 되어주시려고 한다.

학부모들도 자녀에게 희망의 줄이 되었으면 좋겠다. 그리고 자녀가 빨리 변화되었으면 하는 막연한 기대보다, 성령을 통하여 종합적으로 생각하기 바란다. 자녀를 믿고 기다림으로써 그들이 부모를 신뢰할 수 있도록 하는 것이 무엇보다 중요하기 때문이다.

생명의 관리자

생명에 대한 종합적인 인식과 사고가 확보되어 있을 때 생명은 잘 자라나고 풍요로운 결실을 맺게 된다. 생명에 관해 잘 모르는 사람이 꽃집 앞을 지나가다가 아름다운 꽃들을 보고 반해 몇 포기 사들고 와서 화분에 심었다.

봄인데도 초여름 더위처럼 기승을 부려서인지 화초는 빛을 보지 못한 채 며칠 안 가서 말라버렸다. '아차!' 싶어 시드는 정도가 심한 화초부터 물을 주었지만 안타깝게도 더 이상 생명이 회복되지 않았다. 잘 키워보겠다는 작은 소망을 갖고 있었지만 생명을 관리할 줄 몰라 화초가 죽고 만 것이다. 이처럼 생명을 관리하는 사람은 종합적으로 생명을 키울 줄 아는 실력자여야 한다. 생명 가꾸기는 장난이 아니기 때문이다 .

농촌에서 방사하여 기르던 암탉이 병아리를 품은 채 아이들의 요구로 학교에 이사를 왔다. 며칠 지나지 않아 어미 품에서 병아리가 제법 자라게 되자, 어미 닭은 병아리를 남겨둔 채 3층 좁은 공간을 박차고 비상했고, 병아리만 남게 되었다. 그렇게 되자 병아리들이 주변에 잘 가꾸어진 화초를 사정없이 쪼아대어 눈 깜짝할 사이에 화분을 볼품없이 만들어버렸다.

어미 닭은 어미 닭대로, 붙잡아서 닭장에 넣어주었더니 원래 있던 닭들에게 왕따를 당해서인지 힘이 없어 보였다. 어미 닭과 함께 병아리를 넣어주었더라면, 그리 심하게 왕따를 당하지 않았을 것 같았다. 그리고 병아리들도 어미 닭의 기운을 받아 튼튼하게 자랐을 것이다.

그런데 혼자가 된 어미 닭은 왕따를 당해 비실거리고, 엄마 잃은 병아리는 주변의 화초를 다 망가뜨려 눈살을 찌푸리게 하니, 모든 생명의 앞날이 불투명하다. 함께 공존하는 생명인 식물도, 어미 닭도, 병아리도 건강하게 살아가려면 이들을 관리할 '생명 관리자'가 필요하다. 나는 병아리를 맡아 키우는 생명의 관리자에게 말했다.

"화초용 닭이 아니라면, 그놈들이 행복하게 살던 시골로 다시 보내주세요. 생명을 기른다는 것은 장난이 아니지요. 생명에 관한 일은 오랜 경험에서 얻어진 종합적인 사고가 필요합니다. 아이들이 힘든 이유는, 생명의 관리자인 부모나 교사의 능력이 많이 부족하기 때문에 그런 것 아닌가요? 전체를 모르면서 부분만을 가지고 생명을 관리한다면 심각한 오류가 발생할 수밖에 없습니다."

예수님은 "나는 길이요, 진리요, 생명이다. 나를 통하지 않고서는 아버지께 갈수 없다."요한14:6라고 말씀하셨다. 예수님은 창조주 하느님이신 동시에, 인류를 구원으로 이끄시는 생명의 관리자이시다. 그래서 인간 생명이 영원한 생명이 되어 구원에 이르게 하시는 분은, 바로 예수님 한 분뿐이시다.

생명에 대한 종합적인 인식과 사고를 갖지 못해, 부분적으로 말하고 행동하는 생명관리자는 그저 모진 생명을 이어나갈 뿐이다. 하지만 길이요, 진리이며 생명이신 하느님을 모시고 사는 생명의 관리자는 반드시 아름다운 생명을 키워갈 것이다.

엠마오로 가던 제자들

'그래도 나는 돌아가고 싶지 않다. 아무리 절망적일 때라도 나는 원점으로 돌아가고 싶지 않다.' 이런 마음을 갖고 있다면, 이러한 도전정신은 큰 축복이며 은혜를 입은 것이라고 할 수 있을 것이다.

그런데 제자들은 예수님의 십자가 고통이 너무나 크게 느껴졌다. 십자가상의 죽음을 지켜 본 제자들은 그분에게 대한 희망을 다 잃어버리게 된 것이다.

그래서 두 제자는 깜깜한 절망 속에서 삶 전체를 원점으로 돌려 보겠다는 생각에 엠마오로 향하는 낙향을 선택한다. 얼마나 절망적이었으면 그랬겠는가?

부활하신 예수님은 그런 제자들과 동행해 주시며 희망의 줄을 다시 놓아주신다. "무슨 이야기냐?" 다정하게 함께 걸어가며 말씀해 주시고, 그들과 함께 마주한 식탁에서 빵을 떼신다.

말씀의 뜨거운 감동으로 마음이 열리고, 식탁에서 빵을 떼실 때는 눈이 열려 부활하신 예수님을 볼 수도 있었다. 그것은 제자들에 대한 예수님의 배려였고, 희망이었다.

두 제자는 그 순간 낙향을 접고 그분의 삶을 따르고자 복귀한다. 그리고 부활의 목격 증인이 된 제자들은 평화의 도시 예루살렘으로 되돌아간다. 이것이 바로 예수님의 부활과 승천 사이에서 일어난 제자들의 부활 체험이다.

하느님이 계시다는 것을 믿고, 예수님의 부활을 확신하며, 성령께서 역사하신다는 것을 뜨거운 감동으로 느끼게 되었기에, 그것은 가능했다. 주님께서 그 모든 것을 알게 해주시므로, 우리는 절망 속에서도 새롭게 태어난다.

그러므로 신앙인들은 긴 터널 속을 지나가듯이 끝이 보이지 않을 때라도 결코 낙심해서는 안 된다. 부활하신 예수님을 만난 후 예루살렘으로 되돌아가는 두 제자들처럼, 하느님의 자녀가 된 우리도 예수님에 대한 희망을 버리지 않아야 한다. 하느님을 향해 도전하지 않고 옛 삶으로 복귀한다면, 우리는 그 희망의 줄을 영원히 놓쳐 버리게 될 것이다.

'신대륙 발견'은 탐험가들이 자기 생각에서 탈출하였기에 가능했다. 베이컨의 '동굴의 우상론'처럼 우물 안 개구리 신세가 되었더라면, 진리의 세상은 끝내 문이 닫혀버렸을 것이다.

우리 신앙인들은 희망을 주시는 분이 계시기에, 실망했다 하더라도 다시 도전을 해야 한다. 그리고 끊임없이 하느님을 향하고 있는 생명이 될 수 있도록 살아가야 한다.

우리 2기 졸업생 중에, 세계 명문 대학 중의 하나로 손꼽히는

호주 멜버른 의대에 다니는 학생이 있다. 그는 배낭여행을 하며 더 높은 이상과 목표를 위해 살아야겠다는 생각을 하게 되었다고 한다. 그리고 그 생각을 행동으로 실천하게 된 것이다.

그 학생은 과거에 자신이 갇혀 있던 작은 사고思考의 틀에서 벗어나, 지금 미지의 세계를 향해 큰 그림을 그리고 있다. 힘들 때마다 몇 번이고 회귀하고 싶었겠지만, 신앙인인 그는 하느님을 향한 희망의 끈을 놓지 않았다.

젊은이들은 특히, 엠마오로 낙향을 하려고 해서는 안 된다. 미래를 향해 나아가야 한다. 자신만의 좁은 세상에서 벗어나 하느님께서 마련하신 경이로운 세상으로 나아가야 한다. 부활은 우리 삶의 목표이다. 또한 모든 인간이 그리고 있는 희망의 목표점이어야 할 것이다.

빛이 되어 졸업하는 그들과 함께

하느님의 도우심과 사랑하는 분들의 정성이 합쳐져서 또 한 획을 그었습니다. 시간을 쪼개어 찾아주시고 마음으로 기도해 주신 모든 분들에게 감사드리지 않을 수가 없습니다. 그 고마움을 간직하며 나도 열심히 마음을 쪼개어 나누어드리려고 합니다.

아이들은 행복하게 떠났습니다. 축하해주던 온기가 교정 가득히 남아 있고, 보내주신 화분과 화환들이 텅 빈 교정을 대신 지켜주고 있습니다. 언젠가 성당 유치원 선생님들이 정든 아이들을 떠나보내는 날 돌아서서 많이 울던 모습을 보았는데, 이제 제가 그렇게 되어버렸습니다.

그동안 고운 정, 미운 정 다 든 탓인지 아이들은 늦도록 학교를 떠나지 못했습니다. 고맙다며 몇 번이고 되돌아와선 응석받이 어린 아이처럼 기대기도 했습니다. 그러는 아이들을 먼저 보내고 나서, 학부모들과 선생님들이 한자리에 앉아 이야기꽃을 피우며 술잔을 건넸습니다.

그런데도 학부모들은 못내 아쉬운 무엇인가가 남아있는지, 노래방에서 선생님들과 함께 어울리기도 했습니다. 덕분에 그 동안의 응어리진 마음이 씻은 듯이 사라졌습니다. 신자들의 숱한 고백을 들은 고해 사제의 마음을 앙금 없이 씻어주시는 하느님의 은총처럼, 마음 안에 남아 있던 아이들에 관한 모든 부정적인 흔적까지 말끔히 다 씻겼습니다.

하느님께서는 우리를 얼마나 사랑하시는 걸까요. 그분은 모래알처럼 촘촘히 박혀 살아가는 인간을 "극진히 사랑하신다." 요한3:16고 말씀하셨습니다. 그럼 '극진히'는 어떤 뜻인지 다시 또 생각해 봅니다. 그것은 대상으로부터 눈을 떼지 않는 '지극한 정성'이 아닐까요?

하느님은 식물도, 동물도, 인간도 모두 한결같이 풍요롭게 살아가기를 원하십니다. 한 번 눈을 떼면 말라버리는 식물처럼, 인간 생명도 마찬가지입니다. 눈에서 멀어지면 시들고 말라버려 급기야 죽어버리는 생명입니다.

'구체적'이란 말도 생각해 봅니다. 그것은 스쳐 지나가는 일상적인 만남이 아니라, 서로 친밀하여 속까지 훤히 꿰뚫어본다는 의미일 것입니다. 우리는 살아가면서 서로에게 얼마나 구체적이었을까요? 혹시 사무적이거나 일상적이지는 않았는지 깊이 반성해봅니다.

사람들은 서로 사랑하지 않기 때문에 시들었고, 괴로워서 괴성을 질렀습니다. 하지만 학생들과 우리 교사들은, 만나서

극진히 그리고 구체적으로 친밀하게 사랑했습니다.

주님께서 우리를 바라보실 때는 어쩌면 우리가 힘들어 보였을지도 모르겠습니다. 그러나 우리는 힘들지 않았고 응어리진 마음도 갖고 있지 않습니다. 힘이 들었다면, 생명을 일으키려 하다가 오히려 병을 얻게 되었을 것입니다.

주님의 도우심과 많은 이들의 사랑하는 마음이 있기에 우리는 계속하여 풍요로운 생명을 간직하고 에너지를 나누어 줄 수 있습니다. 또 지금 아이들이 떠난 자리에 또 다른 아이들이 찾아오면 다시 그들과 함께 빛이 되어 살 것입니다. 사랑하고 존경합니다.

양업 고등학교 연혁

1996

1996. 4. 1. 윤병훈 신부 본교 설립 계획 구체화

1997

1997. 3. 1. 교구장 정진석 주교 교구 설정 40주년 기념사업으로 본교 설립 확정

1997. 3.27. 본교 설립추진 위원회(위원장 정충일 신부) 결성

1997. 6.20. 현 학교 부지 3,630㎡ 매입(충북 청원군 옥산면 환희리 181번지)

1997. 9.23. 양업고등학교 설립 계획 승인(충청북도 교육청)

1997.11.21. 학교 건물 기공식(지하1층·지상1층=2,126㎡), 조립식 기숙사(508㎡)

1998

1998. 1.21. 설립인가(한 학급 20명, 한 학년 2학급, 전체 120명 남녀공학)

1998. 1.26. 교육법 시행령 제69조의 2에 의거 대안교육특성화고등학교 지정 승인

1998. 3.28. 개교, 초대 교장 윤병훈 베드로 신부 취임, 교사동 · 기숙사 축복식

1998.10. 8. 교사동 증축(2층 · 3층 = 연면적 2,144㎡) 기공식

1999

1999. 3. 1. 교육부 지정 자율시범학교 운영(3년간)

1999. 3.30. 교사동 증축 완공식

1999. 8.24. 제2대 이사장 장봉훈 가브리엘 주교 취임

2001

2001. 9. 4. 운동장 용지 5,963㎡ 매입(환희리 176번지)

2002

2002. 3. 1. 충청북도 교육청 지정 자율시범학교 운영
(2002.3.1.~ 2010.2.28.)

2002. 9.18. 도서관 및 여학생 기숙사(양업관) 준공식

2004

2004.12.10. 수녀원 증축 기공식

2008

2008. 4.18. 개교 10주년 기념 행사

2009

2009. 6.19. 양업관 다목적실 증축공사 준공식

2010

2010. 3. 1. 충청북도 교육청 지정 자율시범학교 운영

2013

2013. 3. 2. 제2대 교장 장홍훈 세르지오 신부 취임

2013. 8.24. WGI William Glasser Institute로부터 '좋은 학교' 인증

2013.12.20. 교육과정 우수학교 표창(충청북도 교육감)

2014

2014.10.20. 대한민국 행복학교 박람회 공로 표창(교육부장관)

2014.12.31. 전국 100대 교육과정 우수학교 표창(충청북도 교육감)

2015

2015. 9. 1. 충청북도 교육청 지정 자율학교 운영
(2015.9.1.~ 2020.8.31.)

2016

2016. 5.25. 한국천주교주교회의 교육위원회 세미나
2016. 7. 6. '좋은학교Quality School' 방문 현장체험 국제 세미나
(미국, 캐나다, 콜롬비아, 호주, 일본, 싱가폴 '좋은학교' 전문가 70명 참석)
2016.11.11. 양업성가정 경당 기공식

2017

2017. 2. 3. 제17회 39명 졸업(총 557명)
2017. 3. 2. 제19회 40명 입학
2017.12. 1. 양업성가정 경당 건축 축성식
2017.12.27. 다목적 교실 및 급식소 기공

2018

2018.10. 5. 개교 20주년 기념 환희관 준공 축복식

2021

2021. 12. 31. 제22회 39명 졸업(총 748명)

2022

2022. 3. 2. 제25회 41명 입학
2022. 5. 2. 제3대 이사장 김종강 시몬 주교 취임
2022.12.29. 제23회 35명 졸업(총 783명)

2023

2023. 3. 2. 제26회 40명 입학
2023. 5. 2. 양업 설립 25주년 기념식 및 환희관 기숙사 축복식

양업 고등학교 이야기 II

멀리 보고 높이 날고 싶었던 거야

1판 1쇄 발행 2023년 10월 21일

지은이 윤병훈
발행인 김소양
편　집 권효선
마케팅 이희만

발행처 도서출판 다밋
출판등록번호 제321-2010-000113호
출판등록일자 1998년 06월 03일
주소 경기도 광주시 도척면 도척로 1071
마케팅팀 02-566-3410 **편집팀** 031-797-3206 **팩스** 02-6499-1263
홈페이지 www.wrigle.com

ISBN 978-89-6426-109-5 03810